하늘과 바람과 별과 詩
1. VOLUME 1.
2. VOLUME 2.
3. VOLUME 3.
4. VOLUME 4.
5. VOLUME 5.
Yun Dong-ju, Write In.
Made in korea.

동주

죽는 날까지 하늘을 우러러
한점 부끄럼이 없기를

하늘과
바람과
별과
詩

카멜북스

청년 윤동주와 함께한 젊은 작가들

- 호옹_ 서시, 무서운 시간, 바람이 불어, 또 다른 고향
- 현진_ 태초의 아침, 십자가, 길, 쉽게 씌어진 시
- 임부르스_ 자화상, 눈 오는 지도, 돌아와 보는 밤, 간판 없는 거리
- 정하_ 병원, 새로운 길, 슬픈 족속, 눈 감고 간다
- 안지은_ 소년, 또 태초의 아침, 새벽이 올 때까지, 별 헤는 밤

청년 윤동주를 들려준 젊은 낭송가들

- 강희웅
- 김아림
- 들매
- 라뮤
- 물망초
- 박성환
- 성꿀남
- 정해연
- ming

일러두기

- 윤동주 탄생 100주년 기념으로 출간하는 본 도서는 교보문고, 네이버 그라폴리오와 함께하는 프로젝트로서 '영원한 청년 윤동주와 현재를 살아가는 청춘을 잇는다'라는 데 의의를 두고 있다. '만약 윤동주가 그의 시를 노래로 만들었다면 어땠을까'라는 상상과 '그가 살아있었더라면'이라는 작은 바람이 윤동주 탄생 100주년 기념 한정판 앨범이라는 디자인 컨셉으로 이어졌다. 이러한 연유로 각 장이 시작되는 지점마다 악보-레코드판-카세트테이프-CD-USB의 이미지를 배치하여 과거와 현재를 잇는 동시에 윤동주의 목소리가 담긴 시와 노래를 듣게끔 해주는 도구를 상상해볼 수 있는 여지를 주고자 하였다. 또한 Vol.1의 악보와 Vol.5의 USB에 새겨진 '병원'과 '하늘과 바람과 별과 詩'는 시인 윤동주의 실제 필체에서 따왔다. 참고로 '병원'은 본래 예정했었던 시집 제목이었음을 알려둔다.
- 다양한 감각을 통해 시를 감상할 수 있도록 본 도서에 새로운 시도를 하였으며 청년 윤동주가 못다 한 이야기를 완성시킨다는 의도로써 각 장마다 일기, 시, 낙서 등 형식에 구애 받지 않는 나만의 작품을 기록할 수 있는 공간을 따로 마련해두었다.
- 윤동주 시인이 연희전문 졸업 기념으로 출간하고자 한 19편의 시와 함께 추가한 '쉽게 씌어진 시' 1편에 관하여 네이버 그라폴리오의 젊은 작가들이 재해석한 일러스트를 Vol.1에 실었다. 그 외의 시와 동시, 산문은 Vol.2, 3, 4, 5로 묶어냈으며 정음사에서 간행한 《하늘과 바람과 별과 詩》의 시 순서를 기준 삼고자 하였다.
- 네이버 오디오클립의 낭송가가 읽어주는 시는 도서 내부에 삽입된 QR코드를 통해 들을 수 있다.
- 표기법은 원문에 가급적 충실했으나, 원문을 훼손하지 않는 범위 내에서 현대 표기법을 따랐다.
- 방언이나 이해하기 어려운 단어는 작품 말미에 뜻을 풀이하였다.
- 표지에 사용된 '동주'의 필체는 시 말미에 남겨두곤 했던 윤동주의 자필서명 중 하나이다.
- 본 도서에 실린 윤동주 관련 사진은 윤동주문학관의 협조 덕분에 촬영할 수 있었다. 이 지면으로나마 깊은 감사를 전한다.

카멜북스

카멜북스는 인간의 마음을 움직이게 하는 가치와 살아있는 지식을 담은 책으로 건조한 일상에 작고 단단한 아름다움을 전합니다. 뜨거운 태양 아래 광활한 모래사막 위를 한 걸음 한 걸음 내딛는 낙타와 같이, 메마른 삶을 관통하는 질문이 담긴 콘텐츠로 가득한 세계를 찾아 나서고자 합니다. 강력한 기획력을 기반으로 작가들의 실험정신과 새로운 도전에 주목해 다양한 분야의 양서를 출판함으로써 독자 여러분과 함께하겠습니다. 빨간 날에 읽고 싶은 책을 만드는 카멜북스입니다.

KYOBO 교보문고

"사람은 책을 만들고 책은 사람을 만든다"
교보문고는 모든 사람이 지혜, 지식, 용기 등 정신적 에너지의 충전을 통해 소중한 꿈을 이루어나갈 수 있도록 도와드리는 정신적 에너지 충전소입니다.
교보문고는 '국민교육 진흥의 실천적 구현', '독서인구 저변 확대를 통한 국민정신문화 향상', '사회교육적 기능을 살린 문화공간 창출'이라는 창립 이념을 토대로 사회적 기여를 약속, 그 약속을 지키며 고객과 소통합니다. 우리는 단순히 책을 파는 데 그치지 않고 좋은 책을 추천하고, 읽는 방법을 소개하여 고객이 책을 통해 꿈을 키워나가는 사회가 될 수 있도록 노력하겠습니다.

GRAFOLIO

창작자를 위한 플레이그라운드

당신의 재능을 소개하고, 새로운 작품을 발견하고, 수많은 이야기기를 공유할 수 있는 곳.
그라폴리오는 전세계의 다양한 크리에이터와 팬이 함께 만들어가는 크리에이티브 콘텐츠 플랫폼입니다.
그라폴리오는 가능성 있는 크리에이터들이 더 많은 사람들에게 알려질 수 있도록 지원하고 있으며 이를 통해 크리에이터가 더 많은 팬들을 만나고, 다양한 영역에서 가치를 창출해 창작 활동을 지속할 수 있기를 바랍니다.

청년 윤동주와 함께한 젊은 작가들

*

청년 윤동주를 들려준 젊은 낭송가들

청년 윤동주와 함께한 젊은 작가들

호옹

잠시나마 위로가 되어주고, 더 나아가 지칠 때 용기를 잃지 않고 꿈을 줄 수 있는 그림과 글을 쓰고 싶습니다.

-

그라폴리오 www.grafolio.com/hosri
인스타그램 www.instagram.com/hoooooong_illust
메일 hosri10@naver.com

현진

계원예술대학교 출판디자인과를 졸업하고 HILLS(한국일러스트레이션)를 다니면서 다양한 일러스트를 작업하였습니다. 그 경험을 기반으로 현재는 포슬린 아티스트로 활동하고 있습니다.

-

그라폴리오 www.grafolio.com/hj_lg
메일 hj_lg@naver.com

임부르스

울산대학교에서 섬유디자인을 전공하였습니다. 자연과 인간의 조화를 좋아하여 그림으로 그리고 있습니다. 모든 사람들이 제 그림을 보고 마음이 따뜻해졌으면 좋겠습니다.

-

그라폴리오 www.grafolio.com/xh6158
메일 xh6158@naver.com

정하

새롭고 따뜻한 시각으로 세상을 그리는 일러스트레이터 정하입니다.
오래오래 손을 움직이며 많은 사람들의 마음에 남는 다양한 작업을 하고 있습니다.

-

그라폴리오 www.grafolio.com/jayha_drawer
인스타그램 www.instagram.com/jayha.drawer
메일 eyecandy0000@naver.com

안지은

지치고 답답할 때 하늘을 보는데, 별 볼 일이 없네요. 위로가 되는 윤동주 시인의 시처럼, 가슴속에 간직하고 싶은 그림을 그리고 싶습니다. 별 헤는 밤을 읽으며, 가슴속 별들을 다 헬 수 있기를 바랍니다.

-

그라폴리오 www.grafolio.com/jieunius
인스타그램 www.instagram.com/a.jieunius
메일 jieunius@naver.com

청년 윤동주를 들려준 젊은 낭송가들

강희웅
오디오 크리에이터 강희웅입니다. 일제치하 젊은 나이에 옥사한 천재 시인 윤동주의 시를 낭송할 수 있어 무척 즐겁고 뜻 깊었습니다. 암울한 시대 속 결연함이 엿보이는 저항시부터 아이들을 위한 동시까지. 시의 아름다움과 매력이 제 목소리를 통해 독자분들께 잘 전달됐으면 좋겠습니다.

김아림
오디오 크리에이터 김아림입니다. 시를 낭독하며 가슴이 아팠던 날들이 있었습니다. 시인 윤동주의 마음을 조금이나마 느낄 수 있는 시간들이었습니다. 제 인생에 무한한 영광으로 남을 것 같습니다.

들매
오디오 크리에이터 들매입니다. 33년차 프리랜서 강사로 일하며 나약한 체력과 아둔한 지력을 성실함과 꾸준함으로 극복하려는 일상에 오디오 크리에이팅 작업은 단비 같은 치유의 촉촉함을 더해줍니다. 암울한 시대를 또렷한 민족정신으로 표현한 윤동주의 시를 녹음하는 것은 막막하고 불안한 제 마음 한가운데 성찰의 별 하나를 띄우는 유의미한 작업이었습니다. 인내하고 고뇌하는 이들의 마음결에 소소한 행복의 씨앗을 품게 하는 값진 시간이 되길 희망합니다.

라뮤
오디오 크리에이터 라뮤입니다. 좋은 글, 좋은 목소리로 마음을 전해드릴게요. 감사합니다.

물망초
네이버 오디오클립에서 물망초라는 닉네임으로 활동하고 있는 오디오 크리에이터 김경오입니다. 윤동주 시인의 시를 통해 낭송가로서 독자분들께 다가갈 수 있는 기회가 주어져 매우 행복합니다. 부디 제 목소리가 여러분의 일상에 작은 안식이 되었으면 하는 바람입니다.

박성환
오디오 크리에이터 박성환입니다. 저는 다양한 곳에서 목소리를 통해 감정을 전하는 일들을 해오고 있습니다. 제 목소리를 통해 윤동주 시인의 아름다운 시들을 전달해드릴 수 있어서 저에게도 참 뜻 깊은 경험이었습니다. 앞으로 더 많은 곳에서 만나 뵙기를 바랍니다.

성꿀남
네이버 오디오클립에서 성꿀남(성대에 꿀이 흐르는 남자)이라는 닉네임으로 활동하고 있는 오디오 크리에이터 이종원입니다. 목소리 하나로만 많은 분들께 감동과 따뜻함을 전해줄 수 있는 일을 늘 꿈꿔왔습니다. 평범한 회사생활을 하던 와중에 윤동주 탄생 100주년 기념 아트북에 참여하여 작게나마 저의 목소리를 들려드릴 수 있어서 가슴이 벅찹니다. 저희들의 목소리를 통해 시 한 구절 한 구절이 여러분께 가닿을 수 있길 바랍니다.

정해연
오디오 크리에이터 정해연입니다. 윤동주 탄생 100주년 기념 아트북에 목소리로 여러분과 만나 뵙게 되어 반갑습니다. 감사합니다.

ming
오디오 크리에이터로 활동 중인 'ming'입니다. 단어 하나하나마다 고뇌와 번민이 고스란히 담겨있는 윤동주의 시를 낭독하는 작업은 결코 쉽지 않았습니다만, 제 목소리가 조금이나마 그의 마음을 전할 수 있기를 바랍니다.

하늘과 바람과 별과 詩,
하늘과 바람과 별과 書

서시序詩

죽는 날까지 하늘을 우러러
한점 부끄럼이 없기를,
잎새에 이는 바람에도
나는 괴로워했다.
별을 노래하는 마음으로
모든 죽어가는 것을 사랑해야지
그리고 나한테 주어진 길을
걸어가야겠다.

오늘 밤에도 별이 바람에 스치운다.

하늘과 바람과 별과 詩

1. 읽다

시인 윤동주가 써내려간 아름다운 시어들을 한 글자 한 글자씩 곱씹으며 읽어보세요.

2. 보다

청년 윤동주와 함께한 2017년 젊은 작가들의 일러스트를 감상해보세요. 교보문고·네이버 그라폴리오 일러스트 공모전에서 수상한 일러스트레이터 5명이 새롭게 해석한 동주의 이야기입니다.

윤동주 탄생 100주년 기념 스페셜 에디션

《하늘과 바람과 별과 詩》를 이렇게 사용해보세요.

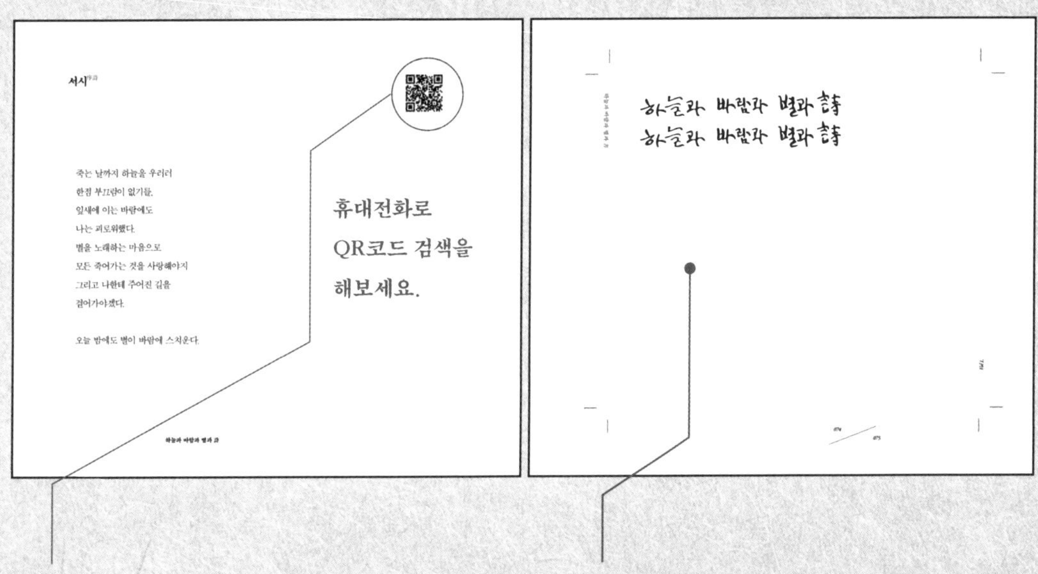

3. 듣다

네이버 오디오클립 낭송가가 읊는 시를 들어보세요. 절망 속에서도 순수를 지향하며 강한 저항의지를 드러냈던 시인 윤동주를 느낄 수 있습니다.

4. 쓰다

영원한 청년 윤동주가 못다 한 이야기를 완성시켜보세요. 필사부터 시작해 일기, 시, 가사, 낙서 등 무엇이든 괜찮습니다. 그 미완의 기록장에 지금 바로 한 페이지를 채워보는 순간 누구에게도 방해받지 않는 오롯이 나만의 시간을 갖게 될지도 모릅니다.

1917

2017

현재의 척추

서序-랄 것이 아니라 _정지용

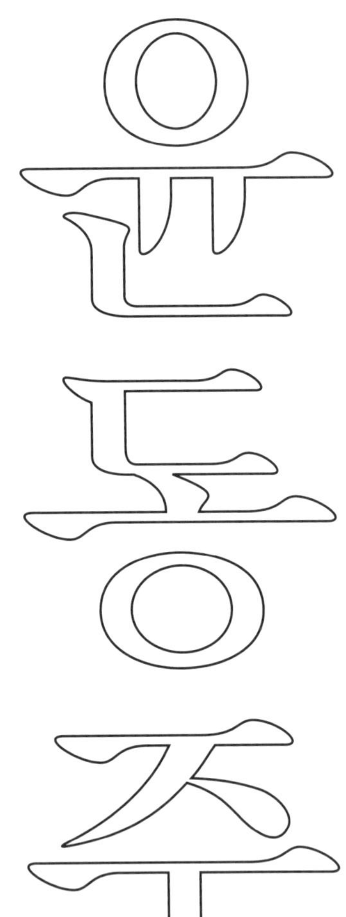

하늘과 바람과 별과 詩

하늘과 바람과 별과 詩

서序-랄 것이 아니라

정지용

내가 무엇이고 정성껏 몇 마디 써야만 할 의무를 가졌건만 붓을 잡기가 죽기보담 싫은 날, 나는 천의를 뒤집어쓰고 차라리 병病 아닌 신음을 하고 있다.

무엇이라고 써야 하나?

재조才操도 탕진하고 용기도 상실하고 8.15 이후에 나는 부당하게도 늙어간다.

누가 있어서 "너는 일편一片의 정성까지도 잃었느냐?" 질타한다면 소허少許 항론抗論이 없이 앉음을 고쳐 무릎을 꿇으리라.

아직 무릎을 꿇을 만한 기력이 남았기에 나는 이 붓을 들어 시인 윤동주의 유고遺稿에 분향焚香하노라.

겨우 30여 편 되는 유시遺詩 이외에 윤동주의 그의 시인됨에 대한 목증目證한 바 재료를 나는 갖지 않았다.

'호사유피虎死留皮'라는 말이 있겠다. 범이 죽어 가죽이 남았다면 그의 호피虎皮를 감정하여 '수남壽男'이라고 하랴? '복동福童'이라고 하랴? 범이란 범이 모조리 이름이 없었던 것이다.

내가 시인 윤동주를 몰랐기로소니 윤동주의 시가 바로 '시'고 보면 그만 아니냐?

호피는 마침내 호피에 지나지 못하고 말 것이나, 그의 '시'로써 그의 '시인'됨을 알기는 어렵지 않은 일이다.

> 나도 모를 아픔을 오래 참다 처음으로 이곳에 찾아왔다. 그러나 나의 늙은 의사는 젊은이의 병을 모른다. 나한테는 병이 없다고 한다. 이 지나친 시련, 이 지나친 피로, 나는 성내서는 안 된다.
>
> - 그의 유시遺詩 〈병원〉의 일절

그의 다음 동생 일주 군과 나의 문답-

"형님이 살았으면 몇 살인고?"

"설흔한 살입니다."

"죽기는 스물아홉에요-"

"간도에는 언제 가셨던고?"

"할아버지 때요."

"지나시기는 어떠했던고?"

"할아버지가 개척하여 소지주 정도였습니다."
"아버지는 무얼 하시노?"
"장사도 하시고 회사에도 다니시고 했지요."

"아아, 간도에 시詩와 애수哀愁와 같은 것이 발효醱酵하기 비롯한다면 윤동주와 같은 세대에서 부텀이었고나!" 나는 감상하였다.

봄이 오면
죄를 짓고
눈이
밝아
이브가 해산하는 수고를 다하면
무화가 잎사귀로 부끄런 데를 가리고
나는 이마에 땀을 흘려야겠다.

- 〈또 태초의 아침〉의 일절

다시 일주 군과 나와의 문답-

"연전을 마치고 동지사에 가기는 몇 살이었던고?"

"스물 여섯 적입니다."

"무슨 연애 같은 것이나 있었나?"

"하도 말이 없어서 모릅니다."

"술은?"

"먹는 것 못 보았습니다."

"담배는?"

"집에 와서는 어른들 때문에 피우는 것 못 보았습니다."

"인색하진 않았나?"

"누가 달라면 책이나 샤쓰나 거져 줍데다."

"공부는?"

"책을 보다가도 집에서나 남이 원하면 시간까지도 아끼지 않읍데다."

"심술心術은?"

"순하디 순하였습니다."

"몸은?"

"중학 때 축구선수였습니다."

"주책主策은?"

"남이 하자는 대로 하다가도 함부로 속을 주지는 않읍데다."

코카사쓰 산중에서 도망해온 토끼처럼
둘러리를 빙빙 돌며 간을 지키자.

내가 오래 기르던 여윈 독수리야!
와서 뜯어 먹어라, 시름없이

너는 살지고
나는 여위어야지, 그러나,

– 〈간〉의 일절

노자 오천언五天言에,

'허기심虛基心 실기복實基腹 약기지弱基志 강기골强基骨'이라는 구가 있다.

청년 윤동주는 의지가 약하였을 것이다. 그렇기에 서정시에 우수한 것이겠고, 그러나 뼈가 강하였던 것이리라. 그렇기에 일적日賊에게 살을 내던지고 뼈를

차지한 것이 아니었던가?

무시무시한 고독에서 죽었구나! 29세가 되도록 시도 발표하여 본 적도 없이!

일제 시대에 날뛰던 부일문사附日文士 놈들의 글이 다시 보아 침을 배앝을 것뿐이나, 무명無名 윤동주가 부끄럽지 않고 슬프고 아름답기 한이 없는 시를 남기지 않았나?

시와 시인은 원래 이러한 것이다.

행복한 예수 그리스도에게
처럼
십자가가 허락된다면
모가지를 드리우고,
꽃처럼 피어나는 피를
어두워가는 하늘 밑에
조용히 흘리겠습니다.

- 〈십자가〉의 일절

일제 헌병은 동[冬] 선달에도 꽃과 같은, 얼음 아래 다시 한 마리 잉어와 같은 조선 청년 시인을 죽이고 제 나라를 망치었다.

뼈가 강한 죄로 죽은 윤동주의 백골은 이제 고토[故土] 간도에 누워 있다.

고향에 돌아온 날 밤에
내 백골이 따라와 한방에 누웠다.

어둔 방은 우주로 통하고
하늘에선가 소리처럼 바람이 불어온다.

어둠 속에 곱게 풍화작용하는
백골을 들여다 보며
눈물 짓는 것이 내가 우는 것이냐
백골이 우는 것이냐
아름다운 혼이 우는 것이냐
지조 높은 개는

밤을 새워 어둠을 짖는다.

어둠을 짖는 개는
나를 쫓는 것일 게다.

가자 가자
쫓기우는 사람처럼 가자
백골 몰래
아름다운 또 다른 고향에 가자.

- 〈또 다른 고향〉

만일 윤동주가 이제 살아 있다고 하면 그의 시가 어떻게 진전하겠냐는 문제.

그의 친우 김삼불 씨의 추도사와 같이 틀림없이, 아무렴! 또 다시 다른 길로 분연 매진할 것이다.

1947년 12월 28일 지용

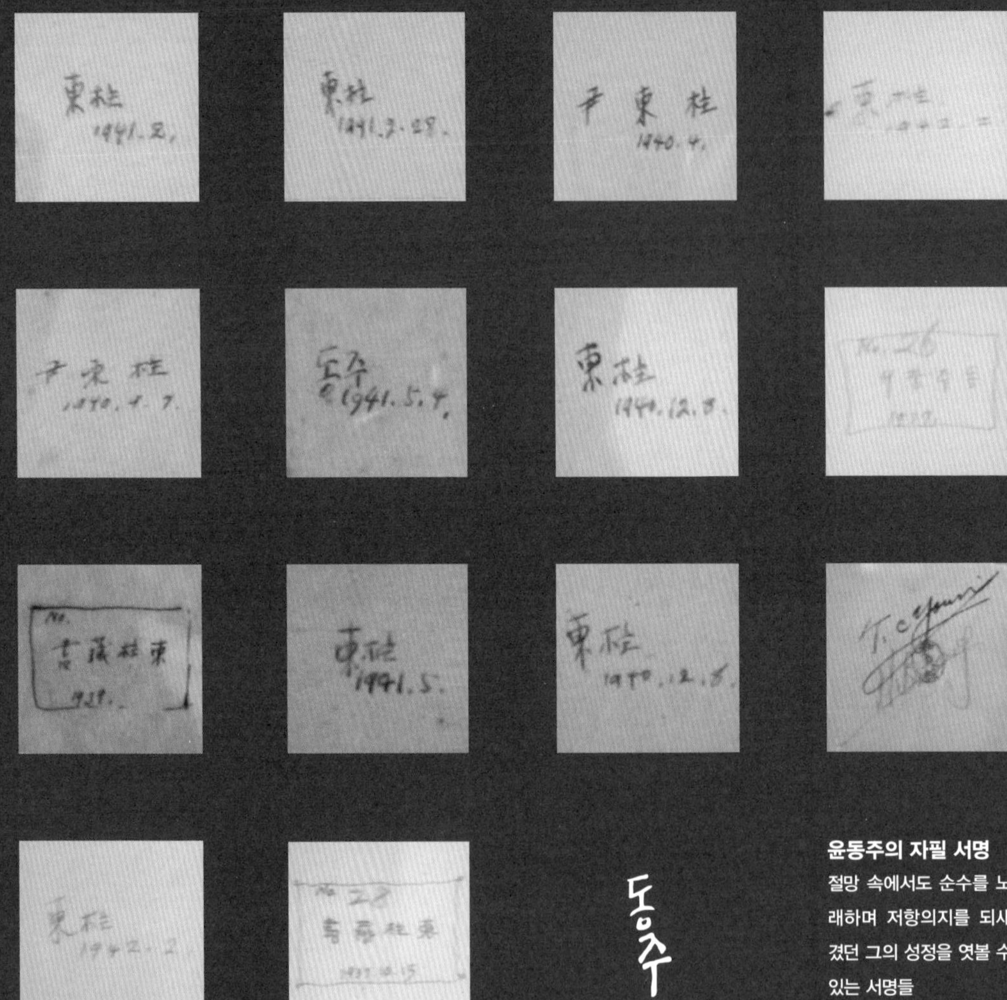

윤동주의 자필 서명

절망 속에서도 순수를 노래하며 저항의지를 되새겼던 그의 성정을 엿볼 수 있는 서명들

윤동주와 친지 윤길현

1942년 8월 4일, 친지인 윤길현과 함께 찍은 사진이다. 윤동주의 시집이 출간된 것은 이때로부터 6년 뒤였다

마지막 고향 방문

일본 유학시절 송몽규와 함께 찍은 사진. 그의 마지막 고향 방문길이었다 (뒷줄 오른쪽 윤동주, 앞줄 가운데가 송몽규)

마지막 소풍

일본 도시샤 대학 재학 시절 윤동주는 전쟁의 위급함을 느끼고 귀국 준비를 하게 된다. 당시 같은 과 친구들과 송별회 겸 소풍을 갔을 때 찍은 사진

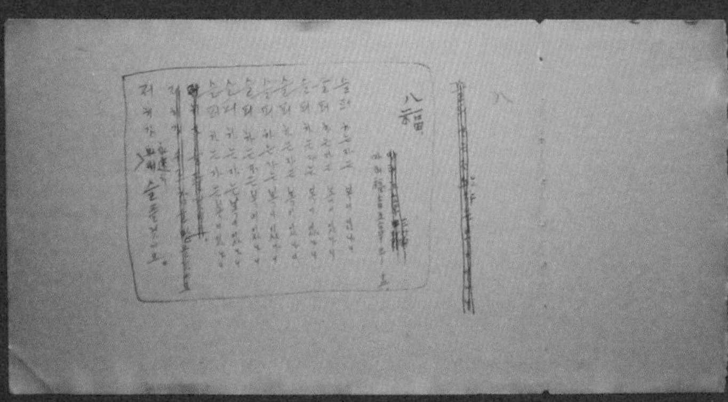

육필원고 〈팔복〉

1939년 9월부터 1940년 12월까지 1년 이상 절필한 뒤 쓴 시. 민족이 처한 암담한 현실 속에서 고뇌하던 시인의 내념을 느낄 수 있다

육필원고 〈참회록〉

윤동주는 일본 유학을 앞두고 복잡한 심경을 원고 여백에 적어 놓았다(詩人의 告白, 詩란?, 不知道, 生存, 生活, 힘 등)

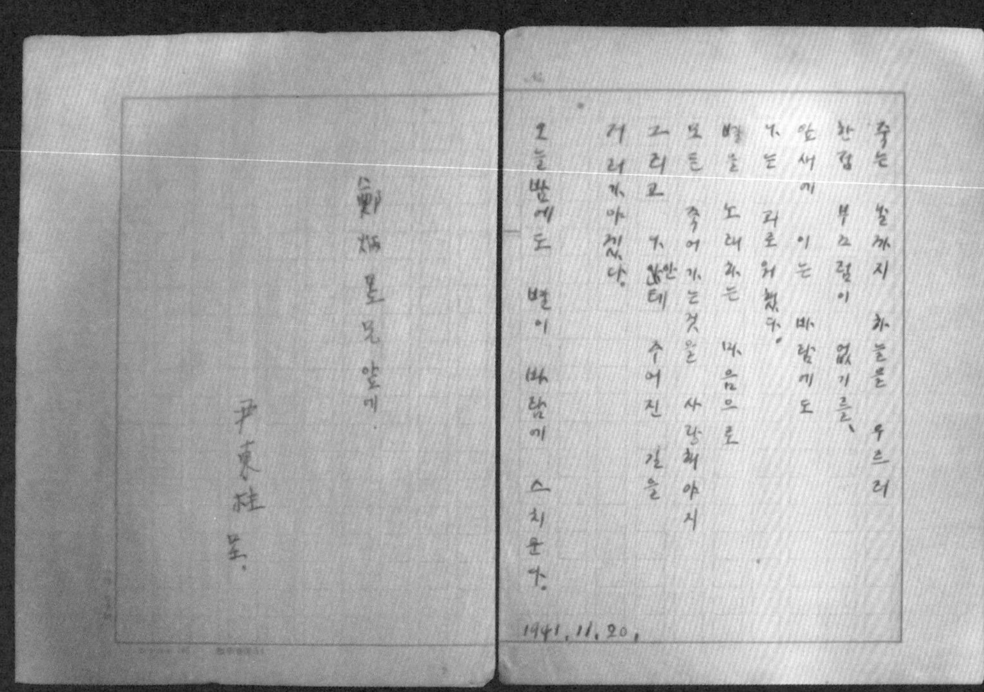

鄭炳昱 兄 앞에.

尹東柱 呈.

죽는 날까지 하늘을 우르러
한점 부끄럼이 없기를,
잎새에 이는 바람에도
나는 괴로워했다.
별을 노래하는 마음으로
모든 죽어가는 것을 사랑해야지
그리고 나한테 주어진 길을
거러가야겠다.

오늘밤에도 별이 바람에 스치운다.

1941.11.20.

정병욱에게, 육필원고 〈서시〉

자선 시고집 3부 중, 오늘날 유일하게 남아있는 정병욱 보관본

윤동주 탄생 100주년 기념 한정판 앨범
Vol.1

과거와 현재를 끊임없이 연주하여 영원히 기억하다

"별을 노래하는 마음으로"

하늘과 바람과 별과 詩

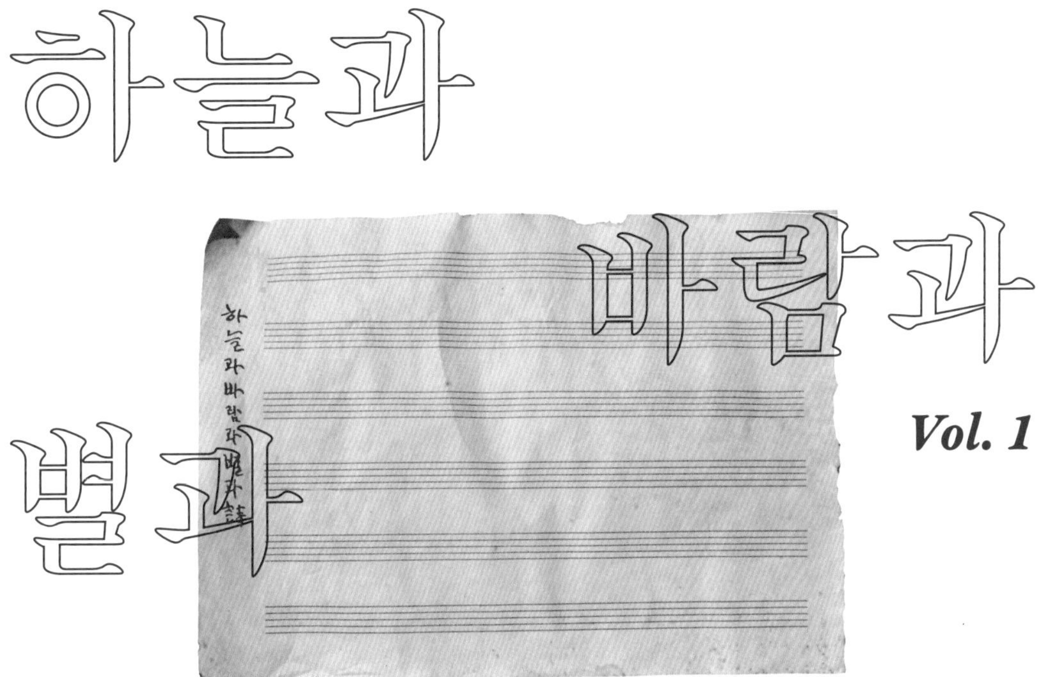

Vol. 1

서시序詩

죽는 날까지 하늘을 우러러
한점 부끄럼이 없기를,
잎새에 이는 바람에도
나는 괴로워했다.
별을 노래하는 마음으로
모든 죽어가는 것을 사랑해야지
그리고 나한테 주어진 길을
걸어가야겠다.

오늘 밤에도 별이 바람에 스치운다.

일러스트 호옹

자화상

산모퉁이를 돌아 논가 외딴 우물을 홀로
찾아가선 가만히 들여다봅니다.

우물 속에는 달이 밝고 구름이 흐르고
하늘이 펼치고 파아란 바람이 불고 가을이 있습니다.

그리고 한 사나이가 있습니다.
어쩐지 그 사나이가 미워져 돌아갑니다.

돌아가다 생각하니 그 사나이가 가엾어집니다.
도로 가 들여다보니 사나이는 그대로 있습니다.

다시 그 사나이가 미워져 돌아갑니다.
돌아가다 생각하니 그 사나이가 그리워집니다.

우물 속에는 달이 밝고 구름이 흐르고 하늘이 펼치고 파아란 바람이 불고 가을이 있고 추억처럼 사나이가 있습니다.

일러스트 임부르스

소년

여기저기서 단풍잎 같은 슬픈 가을이 뚝뚝 떨어진다. 단풍잎 떨어져 나온 자리마다 봄을 마련해 놓고 나뭇가지 위에 하늘이 펼쳐 있다. 가만히 하늘을 들여다보려면 눈썹에 파란 물감이 든다. 두 손으로 따뜻한 볼을 씃어 보면 손바닥에도 파란 물감이 묻어난다. 다시 손바닥을 들여다본다. 손금에는 맑은 강물이 흐르고, 맑은 강물이 흐르고, 강물 속에는 사랑처럼 슬픈 얼굴- 아름다운 순이의 얼굴이 어린다. 소년은 황홀히 눈을 감아 본다. 그래도 맑은 강물은 흘러 사랑처럼 슬픈 얼굴- 아름다운 순이의 얼굴은 어린다.

일러스트 안지은

눈 오는 지도

순이가 떠난다는 아침에 말 못할 마음으로 함박눈이 나려, 슬픈 것처럼 창밖에 아득히 깔린 지도 위에 덮인다. 방 안을 돌아다보아야 아무도 없다. 벽이나 천장이 하얗다. 방 안에까지 눈이 나리는 것일까, 정말 너는 잃어버린 역사처럼 홀홀히 가는 것이냐, 떠나기 전에 일러둘 말이 있던 것을 편지를 써서도 네가 가는 곳을 몰라 어느 거리, 어느 마을, 어느 지붕 밑, 너는 내 마음속에만 남아 있는 것이냐. 네 쪼고만 발자욱을 눈이 자꾸 나려 덮여 따라갈 수도 없다. 눈이 녹으면 남은 발자욱 자리마다 꽃이 피리니 꽃 사이로 발자욱을 찾아 나서면 일 년 열두 달 하냥[1] 내 마음에는 눈이 나리리라.

---

1) '함께, 늘'이라는 뜻을 가진 방언.

일러스트 임부르스

돌아와 보는 밤

세상으로부터 돌아오듯이 이제 내 좁은 방에 돌아와 불을 끄옵니다. 불을 켜두는 것은 너무나 피로롭은[2] 일이옵니다. 그것은 낮의 연장이옵기에-

이제 창을 열어 공기를 바꾸어 들여야 할 텐데 밖을 가만히 내다보아야 방 안과 같이 어두워 꼭 세상 같은데 비를 맞고 오던 길이 그대로 빗속에 젖어 있사옵니다.

하루의 울분을 씻을 바 없어 가만히 눈을 감으면 마음속으로 흐르는 소리, 이제 사상이 능금처럼 저절로 익어 가옵니다.

---

2) 피로하다.

일러스트 임부르스

병원

살구나무 그늘로 얼굴을 가리고, 병원 뒷뜰에 누워, 젊은 여자가 흰 옷 아래로 하얀 다리를 드러내놓고 일광욕을 한다. 한나절이 기울도록 가슴을 앓는다는 이 여자를 찾아오는 이, 나비 한 마리도 없다. 슬프지도 않은 살구나무 가지에는 바람조차 없다.

나도 모를 아픔을 오래 참다 처음으로 이곳에 찾아왔다. 그러나 나의 늙은 의사는 젊은이의 병을 모른다. 나한테는 병이 없다고 한다. 이 지나친 시련, 이 지나친 피로, 나는 성내서는 안 된다.

여자는 자리에서 일어나 옷깃을 여미고 화단에서 금잔화 한 포기를 따 가슴에 꽂고 병실 안으로 사라진다. 나는 그 여자의 건강이 - 아니 내 건강이 속히 회복되기를 바라며 그가 누웠던 자리에 누워 본다.

일러스트 정하

새로운 길

내를 건너서 숲으로
고개를 넘어서 마을로

어제도 가고 오늘도 갈
나의 길 새로운 길

민들레가 피고 까치가 날고
아가씨가 지나고 바람이 일고

나의 길은 언제나 새로운 길
오늘도…… 내일도……

내를 건너서 숲으로
고개를 넘어서 마을로.

일러스트 정하

간판 없는 거리

정거장 플랫폼에
내렸을 때 아무도 없어,

다들 손님들뿐,
손님 같은 사람들뿐,

집집마다 간판이 없어
집 찾을 근심이 없어

빨갛게
파랗게
불붙는 문자도 없이

모퉁이마다
자애로운 헌 와사등에
불을 혀[3] 놓고,

손목을 잡으면
다들, 어진 사람들
다들, 어진 사람들

봄, 여름, 가을, 겨울,
순서로 돌아들고.

---

3) '켜다'의 옛말.

일러스트 임부르스

태초의 아침

봄날 아침도 아니고
여름, 가을, 겨울,
그런 날 아침도 아닌 아침에

빨-간 꽃이 피어났네.
햇빛이 푸른데,

그 전날 밤에
그 전날 밤에
모든 것이 마련되었네.

사랑은 뱀과 함께
독은 어린 꽃과 함께.

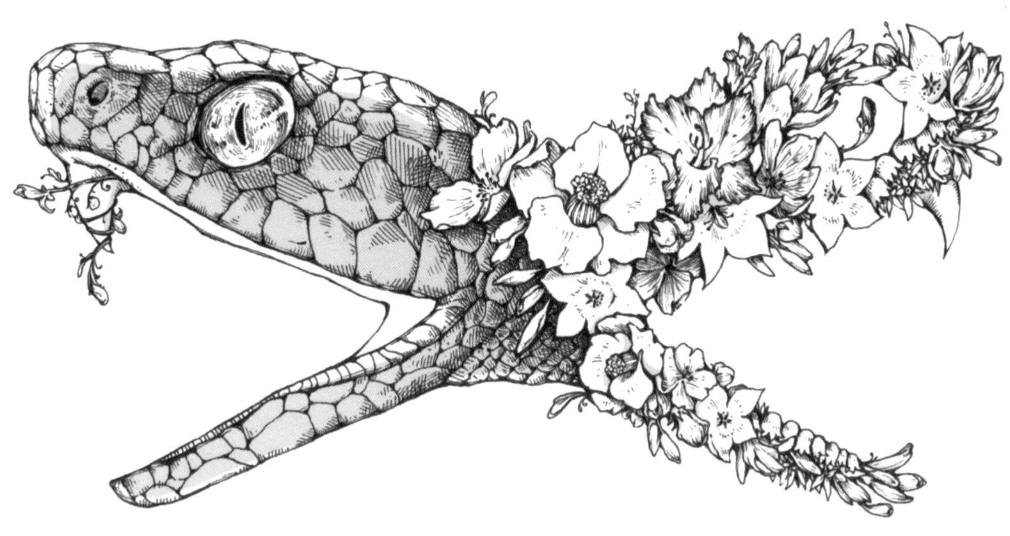

일러스트 현진

또 태초의 아침

하얗게 눈이 덮이었고
전신주가 잉잉 울어
하나님 말씀이 들려온다.

무슨 계시일까.

빨리
봄이 오면
죄를 짓고
눈이
밝아

이브가 해산하는 수고를 다하면

무화과 잎사귀로 부끄런 데를 가리고

나는 이마에 땀을 흘려야겠다.

일러스트 안지은

새벽이 올 때까지

다들 죽어가는 사람들에게
검은 옷을 입히시오.

다들 살아가는 사람들에게
흰 옷을 입히시오.

그리고 한 침실에
가지런히 잠을 재우시오.

다들 울거들랑
젖을 먹이시오.

이제 새벽이 오면
나팔소리 들려올 게외다.

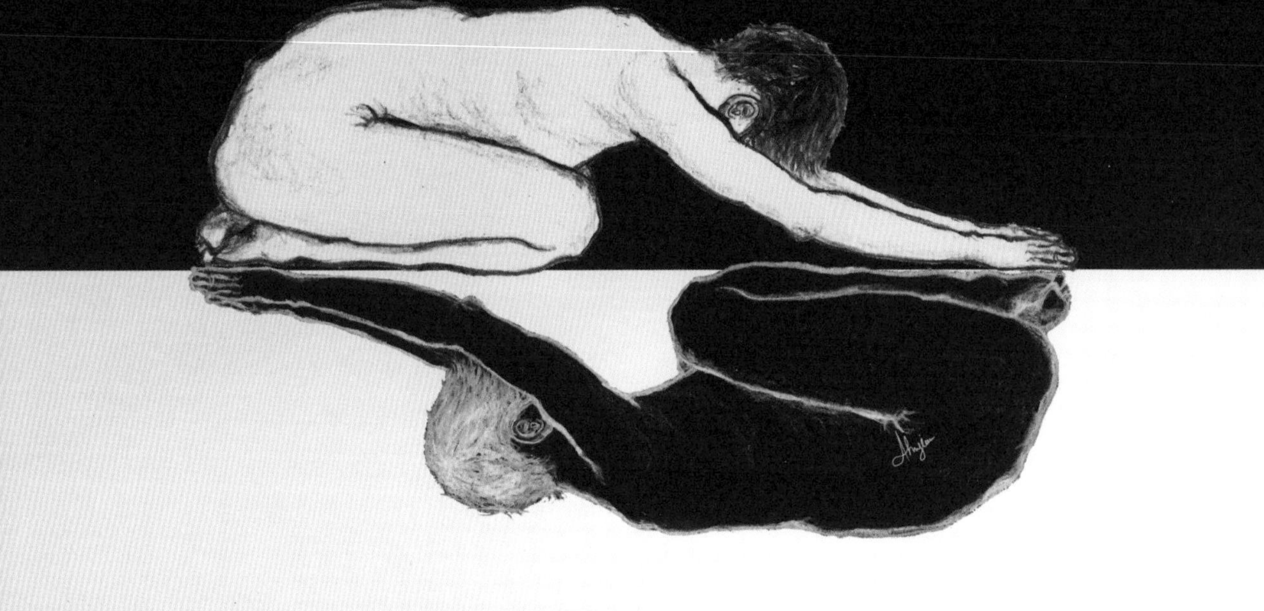

일러스트 안지은

무서운 시간

거 나를 부르는 것이 누구요.

가랑잎 이파리 푸르러 나오는 그늘인데,
나 아직 여기 호흡이 남아 있소.

한 번도 손들어 보지 못한 나를
손들어 표할 하늘도 없는 나를

어디에 내 한 몸 둘 하늘이 있어
나를 부르는 것이오.

일을 마치고 내 죽는 날 아침에는
서럽지도 않은 가랑잎이 떨어질 텐데……

나를 부르지 마오.

일러스트 호옹

십자가

쫓아오던 햇빛인데
지금 교회당 꼭대기
십자가에 걸리었습니다.

첨탑이 저렇게도 높은데
어떻게 올라갈 수 있을까요.

종소리도 들려오지 않는데
휘파람이나 불며 서성거리다가

괴로웠던 사나이,
행복한 예수 그리스도에게
처럼
십자가가 허락된다면

모가지를 드리우고
꽃처럼 피어나는 피를
어두워가는 하늘 밑에
조용히 흘리겠습니다.

일러스트 **현진**

바람이 불어

바람이 어디로부터 불어와
어디로 불려가는 것일까.

바람이 부는데
내 괴로움에는 이유가 없다.

내 괴로움에는 이유가 없을까.

단 한 여자를 사랑한 일도 없다.
시대를 슬퍼한 일도 없다.

바람이 자꾸 부는데
내 발이 반석 위에 섰다.

강물이 자꾸 흐르는데
내 발이 언덕 위에 섰다.

일러스트 호옹

슬픈 족속族屬

흰 수건이 검은 머리를 두르고
흰 고무신이 거친 발에 걸리우다.

흰 저고리 치마가 슬픈 몸집을 가리고
흰 띠가 가는 허리를 질끈 동이다.

일러스트 정하

눈 감고 간다

태양을 사모하는 아이들아
별을 사랑하는 아이들아

밤이 어두웠는데
눈 감고 가거라.

가진 바 씨앗을
뿌리면서 가거라.

발뿌리에 돌이 채이거든
감았던 눈을 왓작 떠라.

일러스트 정하

또 다른 고향

고향에 돌아온 날 밤에
내 백골이 따라와 한방에 누웠다.

어둔 방은 우주로 통하고
하늘에선가 소리처럼 바람이 불어온다.

어둠 속에 곱게 풍화작용하는
백골을 들여다보며
눈물짓는 것이 내가 우는 것이냐
백골이 우는 것이냐
아름다운 혼이 우는 것이냐.

지조 높은 개는
밤을 새워 어둠을 짖는다.
어둠을 짖는 개는
나를 쫓는 것일 게다.

가자 가자
쫓기우는 사람처럼 가자
백골 몰래
아름다운 또 다른 고향에 가자.

일러스트 호옹

길

잃어 버렸습니다.
무얼 어디다 잃었는지 몰라
두 손이 주머니를 더듬어
길게 나아갑니다.

돌과 돌과 돌이 끝없이 연달아
길은 돌담을 끼고 갑니다.

담은 쇠문을 굳게 닫아
길 위에 긴 그림자를 드리우고

길은 아침에서 저녁으로
저녁에서 아침으로 통했습니다.

돌담을 더듬어 눈물짓다
쳐다보면 하늘은 부끄럽게 푸릅니다.

풀 한 포기 없는 이 길을 걷는 것은
담 저쪽에 내가 남아 있는 까닭이고,

내가 사는 것은, 다만
잃은 것을 찾는 까닭입니다.

일러스트 **현진**

별 헤는 밤

계절이 지나가는 하늘에는
가을로 가득 차 있습니다.

나는 아무 걱정도 없이
가을 속의 별들을 다 헤일 듯합니다.

가슴 속에 하나 둘 새겨지는 별을
이제 다 못 헤는 것은
쉬이 아침이 오는 까닭이요,
내일 밤이 남은 까닭이요,
아직 나의 청춘이 다하지 않은 까닭입니다.

별 하나에 추억과
별 하나에 사랑과
별 하나에 쓸쓸함과
별 하나에 동경과
별 하나에 시와
별 하나에 어머니, 어머니,

어머님, 나는 별 하나에 아름다운 말 한마디씩 불러 봅니다. 소학교 때 책상을 같이 했던 아이들의 이름과, 패佩, 경鏡, 옥玉, 이런 이국 소녀들의 이름과 벌써 애기 어머니 된 계집애들의 이름과, 가난한 이웃 사람들의 이름과 비둘기, 강아지, 토끼, 노새, 노루, 프랑시스 잠, 라이너 마리아 릴케, 이런 시인의 이름을 불러 봅니다.

이네들은 너무나 멀리 있습니다.
별이 아스라이 멀 듯이.

어머님,
그리고 당신은 멀리 북간도에 계십니다.

나는 무엇인지 그리워
이 많은 별빛이 나린 언덕 위에
내 이름자를 써 보고
흙으로 덮어 버리었습니다.

딴은 밤을 새워 우는 벌레는
부끄러운 이름을 슬퍼하는 까닭입니다.

그러나 겨울이 지나고 나의 별에도 봄이 오면
무덤 위에 파란 잔디가 피어나듯이
내 이름자 묻힌 언덕 위에도
자랑처럼 풀이 무성할 게외다.

일러스트 안지은

쉽게 씌어진 시

창밖에 밤비가 속살거려
육첩방六疊房은 남의 나라,

시인이란 슬픈 천명天命인 줄 알면서도
한 줄 시를 적어 볼까.

땀내와 사랑내 포근히 품긴
보내주신 학비 봉투를 받아

대학 노-트를 끼고
늙은 교수의 강의 들으러 간다.

생각해보면 어린 때 동무를
하나, 둘, 죄다 잃어버리고

나는 무얼 바라
나는 다만, 홀로 침전沈澱하는 것일까?

인생은 살기 어렵다는데
시가 이렇게 쉽게 씌어지는 것은
부끄러운 일이다.

육첩방은 남의 나라
창밖에 밤비가 속살거리는데

등불을 밝혀 어둠을 조금 내몰고,
시대처럼 올 아침을 기다리는 최후의 나,

나는 나에게 적은 손을 내밀어
눈물과 위안으로 잡은 최초의 악수.

일러스트 현진

하늘과 바람과 별과 詩

Vol 1

하늘과 바람과 별과 詩

하늘과 바람과 별과 詩

Vol. I

하늘과 바람과 별과 詩

윤동주 탄생 100주년 기념 한정판 앨범 Vol.2

오늘과 내일이 들려주는 내면의 소리를 기록하다

"아아 젊음은 오래 거기 남아 있거라"

하늘과 바람과 별과 詩

Vol. 2

흰 그림자

황혼黃昏이 짙어지는 길모금[4]에서
하루 종일 시들은 귀를 가만히 기울이면
땅거미 옮겨지는 발자취 소리.

발자취 소리를 들을 수 있도록
나는 총명했던가요.

이제 어리석게도 모든 것을 깨달은 다음
오래 마음 깊은 속에
괴로워하던 수많은 나를
하나, 둘 제 고장으로 돌려보내면

거리 모퉁이 어둠 속으로
소리 없이 사라지는 흰 그림자,

흰 그림자들
연연히 사랑하던 흰 그림자들,

내 모든 것을 돌려보낸 뒤
허전히 뒷골목을 돌아
황혼처럼 물드는 내 방으로 돌아오면

신념이 깊은 의젓한 양처럼
하루 종일 시름없이 풀포기나 뜯자.

---

4) 길목.

사랑스런 추억

봄이 오던 아침, 서울 어느 쪼그만 정거장에서
희망과 사랑처럼 기차를 기다려,

나는 플랫폼에 간신한 그림자를 떨어뜨리고
담배를 피웠다.

내 그림자는 담배 연기 그림자를 날리고
비둘기 한 떼가 부끄러울 것도 없이
나래 속을 속속 햇빛에 비춰 날았다.

기차는 아무 새로운 소식도 없이
나를 멀리 실어다 주어,

봄은 다 가고- 동경 교외 어느 조용한 하숙방에서,
옛 거리에 남은 나를 희망과 사랑처럼 그리워한다.

오늘도 기차는 몇 번이나 무의미하게 지나가고,
오늘도 나는 누구를 기다려 정거장 가차운[5] 언덕에서 서성거릴 게다.

- 아아 젊음은 오래 거기 남아 있거라.

---

5) '가깝다'라는 뜻을 가진 방언.

흐르는 거리

으스럼히[6] 안개가 흐른다. 거리가 흘러간다. 저 전차, 자동차, 모든 바퀴가 어디로 흘리워 가는 것일까? 정박할 아무 항구도 없이, 가련한 많은 사람들을 싣고서, 안개 속에 잠긴 거리는.

거리 모퉁이 붉은 포스트 상자를 붙잡고 섰을라면 모든 것이 흐르는 속에 어렴풋이 빛나는 가로등, 꺼지지 않는 것은 무슨 상징일까? 사랑하는 동무 박朴이여! 그리고 김金이여! 자네들은 지금 어디 있는가? 끝없이 안개가 흐르는데.

'새로운 날 아침 우리 다시 정답게 손목을 잡아 보세' 몇 자 적어 포스트 속에 떨어뜨리고, 밤을 새워 기다리면 금휘장金徽章에 금 단추를 삐었고 거인처럼 찬란히 나타나는 배달부, 아침과 함께 즐거운 내림來臨.

이 밤을 하염없이 안개가 흐른다.

6) '으스름하다, 희미하다'는 뜻을 가진 방언.

봄 1

봄이 혈관 속에 시내처럼 흘러
돌, 돌, 시내 가차운 언덕에
개나리, 진달래, 노-란 배추꽃

삼동三冬을 참아온 나는
풀포기처럼 피어난다.

즐거운 종달새야
어느 이랑에서 즐거웁게 솟쳐라.

푸르른 하늘은
아른, 아른, 높기도 한데……

하늘과 바람과 별과 詩

Vol.2

하늘과 바람과 별과 詩

하늘과 바람과 별과 詩

Vol.2

하늘과 바람과 별과 詩

윤동주 탄생 100주년 기념 한정판 앨범
Vol.3

영원한 청년 윤동주와 순간을 사는 청춘을 잇다

"나는 또 한 줄의 참회록을 써야 한다"

하늘과

바람과

하늘과바람과별과詩
1. VOLUME 1. 2. VOLUME 2. 3. VOLUME 3. 4. VOLUME 4. 5. VOLUME 5.
100
Anniversary
SIDE
A
Yun Dong-ju. Writes In.
The 100th Anniversary of Yun Dong-joo's Birth
Made in Korea

별과

Vol. 3

詩

참회록

파란 녹이 낀 구리거울 속에
내 얼굴이 남아있는 것은
어느 왕조의 유물이기에
이다지도 욕될까.

나는 나의 참회의 글을 한 줄에 줄이자.
  - 만 이십사 년 일 개월을
   무슨 기쁨을 바라 살아왔던가.

내일이나 모레나 그 어느 즐거운 날에
나는 또 한 줄의 참회록을 써야 한다.
  - 그때 그 젊은 나이에
   왜 그런 부끄런 고백을 했던가.

밤이면 밤마다 나의 거울을
손바닥으로 발바닥으로 닦아보자.

그러면 어느 운석 밑으로 홀로 걸어가는
슬픈 사람의 뒷모양이
거울 속에 나타나온다.

간肝

바닷가 햇빛 바른 바위 위에
습한 간을 펴서 말리우자.

코카사쓰 산중에서 도망해 온 토끼처럼
둘러리를 빙빙 돌며 간을 지키자.

내가 오래 기르던 여윈 독수리야!
와서 뜯어 먹어라, 시름없이

너는 살지고
나는 여위어야지, 그러나,

거북이야!
다시는 용궁의 유혹에 안 떨어진다.

프로메테우스 불쌍한 프로메테우스
불 도적한 죄로 목에 맷돌을 달고
끝없이 침전하는 프로메테우스.

위로

거미란 놈이 흉한 심보로 병원 뒤뜰 난간과 꽃밭 사이 사람 발이 잘 닿지 않는 곳에 그물을 쳐 놓았다. 옥외 요양을 받는 젊은 사나이가 누워서 쳐다보기 바르게-

나비가 한 마리 꽃밭에 날아들다 그물에 걸리었다. 노-란 날개를 파득거려도 파득거려도 나비는 자꾸 감기우기만 한다. 거미가 쏜살같이 가더니 끝없는 끝없는 실을 뽑아 나비의 온몸을 감아버린다. 사나이는 긴 한숨을 쉬었다.

나이보담 무수한 고생 끝에 때를 잃고 병을 얻은 이 사나이를 위로할 말이- 거미줄을 헝클어 버리는 것밖에 위로의 말이 없었다.

팔복八福

- 마태복음 5장 3~12

슬퍼하는 자는 복이 있나니
슬퍼하는 자는 복이 있나니
슬퍼하는 자는 복이 있나니
슬퍼하는 자는 복이 있나니
슬퍼하는 자는 복이 있나니
슬퍼하는 자는 복이 있나니
슬퍼하는 자는 복이 있나니
슬퍼하는 자는 복이 있나니

저희가 영원히 슬플 것이오.

못 자는 밤

하나, 둘, 셋, 넷

……

밤은

많기도 하다.

달같이

연륜이 자라듯이
달이 자라는 고요한 밤에
달같이 외로운 사랑이
가슴 하나 뻐근히
연륜처럼 피어나간다.

고추밭

시들은 잎새 속에서
고 빨-간 살을 드러내놓고,
고추는 방년芳年된 아가씨인 양
땡볕에 자꾸 익어간다.

할머니는 바구니를 들고
밭머리에서 어정거리고
손가락 너어는[7] 아이는
할머니 뒤만 따른다.

---

7) '씹다, 빨다'라는 뜻을 가진 방언.

아우의 인상화

붉은 이마에 싸늘한 달이 서리어
아우의 얼굴은 슬픈 그림이다.

발걸음을 멈추어
살그머니 앳된 손을 잡으며
“너는 자라 무엇이 되려니”
“사람이 되지”
아우의 설운, 진정코 설운 대답이다.

슬며-시 잡았던 손을 놓고
아우의 얼굴을 다시 들여다본다.

싸늘한 달이 붉은 이마에 젖어
아우의 얼굴은 슬픈 그림이다.

사랑의 전당

순아 너는 내 전殿에 언제 들어왔던 것이냐?
내사 언제 네 전에 들어갔던 것이냐?

우리들의 전당은
고풍한 풍습이 어린 사랑의 전당

순아 암사슴처럼 수정水晶 눈을 나려 감아라.
난 사자처럼 엉크린 머리를 고루련다.

우리들의 사랑은 한낱 벙어리였다.

성스런 촛대에 열熱한 불이 꺼지기 전
순아 너는 앞문으로 내달려라.

어둠과 바람이 우리 창에 부딪치기 전
나는 영원한 사랑을 안은 채
뒷문으로 멀리 사라지련다.

이제,
네게는 삼림 속의 아늑한 호수가 있고,
내게는 험준한 산맥이 있다.

이적[異蹟]

발에 터분한 것을 다 빼어 버리고
황혼이 호수 위로 걸어오듯이
나도 사뿐사뿐 걸어 보리이까?

내사 이 호숫가로
부르는 이 없이
불리어 온 것은
참말 이적이외다.

오늘따라
연정, 자홀[自惚], 시기, 이것들이
자꾸 금메달처럼 만져지는구려.

하나, 내 모든 것을 여념 없이
물결에 써서 보내려니
당신은 호면[湖面]으로 나를 불러내소서.

비 오는 밤

솨- 철석! 파도소리 문살에 부서져
잠 살포시 꿈이 흩어진다.

잠은 한낱 검은 고래 떼처럼 살래어,
달랠 아무런 재주도 없다.

불을 밝혀 잠옷을 정성스레 여미는
삼경[三更]
염원[念願]

동경[憧憬]의 땅 강남에 또 홍수질 것만 싶어,
바다의 향수[鄕愁]보다 더 호젓해진다.

산골물

괴로운 사람아 괴로운 사람아
옷자락 물결 속에서도
가슴 속 깊이 돌돌 샘물이 흘러
이 밤을 더불어 말할 이 없도다.
거리의 소음과 노래 부를 수 없도다.
그신 듯이 냇가에 앉았으니
사랑과 일을 거리에 맡기고
가만히 가만히
바다로 가자.
바다로 가자.

유언

후어-ㄴ한 방에
유언은 소리 없는 입놀림.

　바다에 진주 캐러 갔다는 아들
　해녀와 사랑을 속삭인다는 맏아들
　이밤에사 돌아오나 내다봐라-

평생 외롭던 아버지의 운명殞命

외딴집에 개가 짖고
휘양찬 달이 문살에 흐르는 밤.

창

쉬는 시간마다
나는 창녘으로 갑니다.

-창은 산 가르침.

이글이글 불을 피워 주소,
이 방에 찬 것이 서립니다.

단풍잎 하나
맴도나 보니
아마도 자그마한 선풍旋風이 인 게외다.

그래도 싸느란 유리창에
햇살이 쨍쨍한 무렵,
상학종上學鐘이 울어만 싶습니다.

바다

실어다 뿌리는
바람처럼 시원타.

솔나무 가지마다 샛춤히
고개를 돌리어 빼드러지고

밀치고
밀치운다.

이랑을 넘는 물결은
폭포처럼 피어오른다.

해변에 아이들이 모인다.
찰찰 손을 씻고 구부로,

바다는 자꾸 섧어진다.
갈매기의 노래에……

돌아다보고 돌아다보고
돌아가는 오늘의 바다여!

비로봉

만상萬象을
굽어보기란-

무릎이
오들오들 떨린다.

백화白樺
어려서 늙었다.

새가
나비가 된다.

정말 구름이
비가 된다.

옷자락이
칩다.[8]

---

8) '춥다'라는 뜻을 가진 방언.

산협山峽의 오후

내 노래는 오히려
섧은 산울림.

골짜기 길에
떨어진 그림자는
너무나 슬프구나.

오후의 명상은
아- 졸려.

명상

가칠가칠한 머리칼은 오막살이 처마 끝,
휘파람에 콧마루가 서운한 양 간지럽소.

들창 같은 눈은 가볍게 닫혀
이 밤에 연정은 어둠처럼 골골이 스며드오.

소낙비

번개, 뇌성, 왁자지근 뚜드려
머-ㄴ 도회지에 낙뢰(落雷)가 있어만 싶다.

벼룻장 엎어논 하늘로
살 같은 비가 살처럼 쏟아진다.

손바닥만한 나의 정원이
마음같이 흐린 호수되기 일쑤다.

바람이 팽이처럼 돈다.
나무가 머리를 이루 잡지 못한다.

내 경건한 마음을 모셔들여
노아 때 하늘을 한 모금 마시다.

한란계寒暖計

싸늘한 대리석 기둥에 모가지를 비틀어 맨 한란계,
문득 들여다볼 수 있는 운명한 오척육촌五尺六寸의 허리 가는 수은주,
마음은 유리관보다 맑소이다.

혈관이 단조로워 신경질인 여론동물輿論動物,
가끔 분수 같은 냉침을 억지로 삼키기에
정력을 낭비합니다.

영하로 손가락질할 수돌네 방처럼 추운 겨울보다
해바라기 만발한 8월 교정이 이상理想곱소이다.
피끓을 그날이-

어제는 막 소낙비가 퍼붓더니 오늘은 좋은 날씨올시다.
동저고리 바람에 언덕으로, 숲으로 하시구려-
이렇게 가만가만 혼자서 귓속 이야기를 하였습니다.
나는 또 내가 모르는 사이에-

나는 아마도 진실한 세기의 계절을 따라,
하늘만 보이는 울타리 안을 뛰쳐,
역사 같은 포지션을 지켜야 봅니다.

풍경

봄바람을 등진 초록빛 바다
쏟아질 듯 쏟아질 듯 위태롭다.

잔주름 치마폭의 두둥실거리는 물결은
오스라질 듯 한끝 경쾌롭다.

마스트 끝에 붉은 깃발이
여인의 머리칼처럼 나부낀다.

이 생생한 풍경을 앞세우며 뒤세우며
외-ㄴ 하루 거닐고 싶다.

- 우중충한 오월 하늘 아래로,
- 바닷빛 포기포기에 수놓은 언덕으로.

달밤

흐르는 달의 흰 물결을 밀쳐
여윈 나무 그림자를 밟으며
북망산을 향한 발걸음은 무거웁고
고독을 반려한 마음은 슬프기도 하다.

누가 있어만 싶은 묘지엔 아무도 없고,
정적만이 군데군데 흰 물결에 폭 젖었다.

장

이른 아침 아낙네들은 시들은 생활을
바구니 하나 가득 담아 이고……
업고 지고…… 안고 들고……
모여드오 자꾸 장에 모여드오.

가난한 생활을 골골이 버려놓고
밀려가고 밀려오고……
제마다 생활을 외치오…… 싸우오.

왼하루 올망졸망한 생활을
되질하고 저울질하고 자질하다가
날이 저물어 아낙네들이
쓴 생활과 바꾸어 또 이고 돌아가오.

밤

외양간 당나귀
아-ㅇ 외마디 울음 울고

당나귀 소리에
으-아 아 애기 소스라쳐 깨고,

등잔에 불을 다오.

아버지는 당나귀에게
짚은 한 키 담아 주고,

어머니는 애기에게
젖을 한 모금 먹이고,

밤은 다시 고요히 잠드오.

황혼이 바다가 되어

하루도 검푸른 물결에
흐느적 잠기고…… 잠기고……

저- 웬 검은 고기 떼가
물든 바다를 날아 횡단할꼬.

낙엽이 된 해초海草
해초마다 슬프기도 하오.

서창西窓에 걸린 해말간 풍경화.
옷고름 너어는 고아의 설움.

이제 첫 항해하는 마음을 먹고
방바닥에 나뒹구오…… 뒹구오……

황혼이 바다가 되어
오늘도 수많은 배가
나와 함께 이 물결에 잠겼을 게오.

아침

휙, 휙, 휙, 소꼬리가 부드러운 채찍질로 어둠을 쫓아,
캄, 캄, 어둠이 깊다 깊다 밝으오.

땀물을 뿌려 이 여름을 길렀소.

잎, 잎, 풀잎마다 땀방울이 맺혔소.

구김살 없는 이 아침을
심호흡하오, 또 하오.

빨래

빨랫줄에 두 다리를 드리우고
흰 빨래들이 귓속 이야기하는 오후,

쨍쨍한 칠월 햇발은 고요히도
아담한 빨래에만 달린다.

꿈은 깨어지고

꿈은 눈을 떴다
그윽한 유무幽霧에서.

노래하던 종달이
도망쳐 날아나고,

지난날 봄타령하던
금잔디 밭은 아니다.

탑은 무너졌다,
붉은 마음의 탑이-

손톱으로 새긴 대리석 탑이-
하루 저녁 폭풍에 여지없이도,

오- 황폐의 쑥밭,
눈물과 목메임이여!

꿈은 깨어졌다.
탑은 무너졌다.

산림

시계가 자근자근 가슴을 때려
하잔한 마음을 산림이 부른다.

천년 오래인 연륜에 짜들은 유적幽暗한 산림이,
고달픈 한 몸을 포옹할 인연을 가졌나 보다.

산림의 검은 파동 위로부터
어둠은 어린 가슴을 짓밟는다.

멀리 첫여름의 개구리 재질댐에
흘러간 마을의 과거가 아질타.[9]

가지, 가지 사이로 반짝이는 별들만이
새날의 향연으로 나를 부른다.

발걸음을 멈추어
하나, 둘, 어둠을 헤아려본다.
아득하다.

문득 이파리 흔드는 저녁 바람에
솨- 무섬이 옮아오고.

---

9) 아득하다.

이런 날

사이좋은 정문의 두 돌기둥 끝에서
오색기五色旗와 태양기太陽旗가 춤을 추는 날,
금을 그은 지역의 아이들이 즐거워하다.

아이들에게 하루의 건조한 학과學課로
해말간 권태가 깃들고
'모순' 두 자를 이해치 못하도록
머리가 단순하였구나.

이런 날에는
잃어버린 완고하던 형을
부르고 싶다.

산상山上

거리가 바둑판처럼 보이고,
강물이 배암의 새끼처럼 기는
산 위에까지 왔다.
아직쯤은 사람들이
바둑돌처럼 버려 있으리라.

한나절의 태양이
함석지붕에만 비치고,
굼벵이 걸음을 하던 기차가
정거장에 섰다가 검은 내를 토하고
또, 걸음발을 탄다.

텐트 같은 하늘이 무너져
이 거리를 덮을까 궁금하면서
좀 더 높은 데로 올라가고 싶다.

양지쪽

저쪽으로 황토 실은 이 땅 봄바람이
호인胡人의 물레바퀴처럼 돌아 지나고
아롱진 사월 태양의 손길이
벽을 등진 섧은 가슴마다 올올이 만진다.

지도째기 놀음에 뉘 땅인 줄 모르는 애 둘이
한 뼘 손가락이 짧음을 한함이여

아서라! 가뜩이나 엷은 평화가
깨어질까 근심스럽다.

닭 1

한 간[間] 계사[鷄舍] 그 너머 창공이 깃들어
자유의 향토를 잊은 닭들이
시들은 생활을 주잘대고,
생산의 고로[苦勞]를 부르짖었다.

음산한 계사에서 쏠려 나온
외래종 레그혼,
학원에서 새무리가 밀려나오는
삼월의 맑은 오후도 있다.

닭들은 녹아드는 두엄을 파기에
아담한 두 다리가 분주하고
굶주렸던 주두리가 바지런하다.
두 눈이 붉게 여물도록-

닭 2

- 닭은 나래가 커두
  왜, 날잖나요
- 아마 두엄 파기에
  홀, 잊었나봐.

가슴 1

소리 없는 북,
답답하면 주먹으로
뚜다려 보오.

그래 봐도
후-
가-는 한숨보다 못하오.

가슴 2

늦은 가을 쓰르래미
숲에 싸여 공포에 떨고,

웃음 웃는 흰 달 생각이
도망가오.

가슴 3

불 꺼진 화[火]독을
안고 도는 겨울밤은 깊었다.

재만 남은 가슴이
문풍지 소리에 떤다.

비둘기

안아보고 싶게 귀여운
산비둘기 일곱 마리
하늘 끝까지 보일 듯이 맑은 주일날 아침에
벼를 거두어 빤빤한 논에
앞을 다투어 요를 주으며
어려운 이야기를 주고받으오.

날씬한 두 나래로 조용한 공기를 흔들어
두 마리가 나오.
집에 새끼 생각이 나는 모양이오.

황혼

햇살은 미닫이 틈으로
길죽한 일자[一字]를 쓰고…… 지우고……

까마귀 떼 지붕 위로
둘, 둘, 셋, 넷, 자꾸 날아지난다.
쑥쑥, 꿈틀꿈틀 북쪽 하늘로,

내사……
북쪽 하늘에 나래를 펴고 싶다.

남쪽 하늘

제비는 두 나래를 가지었다.
시산한 가을날-

어머니의 젖가슴이 그리운
서리 나리는 저녁-
어린 영(靈)은 쪽나래의 향수(鄕愁)를 타고
남쪽 하늘에 떠돌 뿐-

창공

그 여름날
열정의 포플러는
오려는 창공의 푸른 젖가슴을
어루만지려
팔을 펼쳐, 흔들거렸다.
끓는 태양 그늘 좁다란 지점에서

천막 같은 하늘 밑에서
떠들던 소나기
그리고 번개를,
춤추던 구름은 이끌고
남방으로 도망하고,

높다랗게 창공은 한 폭으로
가지 위에 퍼지고
둥근 달과 기러기를 불러 왔다.

푸르른 어린 마음이 이상[理想]에 타고,
그의 동경[憧憬]의 날 가을에
조락[凋落]의 눈물을 비웃다.

거리에서

달밤의 거리
광풍이 휘날리는
북국의 거리
도시의 진주
전등 밑을 헤엄치는
조그만 인어人魚 나,
달과 전등에 비쳐
한 몸에 둘셋의 그림자,
커졌다 작아졌다.

괴로움의 거리
회색빛 밤거리를
걷고 있는 이 마음
선풍旋風이 일고 있네
외로우면서도
한 갈피 두 갈피
피어나는 마음의 그림자,
푸른 공상이
높아졌다 낮아졌다.

삶과 죽음

삶은 오늘도 죽음의 서곡을 노래하였다.
이 노래가 언제나 끝나랴.

세상 사람은-
뼈를 녹여내는 듯한 삶의 노래에
춤을 춘다.
사람들은 해가 넘어가기 전
이 노래 끝의 공포를
생각할 사이가 없었다.

(나는 이것만은 알았다.
이 노래의 끝을 맛본 이들은
자기만 알고
다음 노래의 맛을 알으켜 주지 아니 하였다.)

하늘 복판에 아로새기듯이
이 노래를 부른 자가 누구뇨.
그리고 소낙비 그친 뒤같이도
이 노래를 그친 자가 누구뇨

죽고 뼈만 남은
죽음의 승리자 위인들!

초 한 대

초 한 대-
내 방에 품긴 향내를 맡는다.

광명의 제단이 무너지기 전
나는 깨끗한 제물을 보았다.

염소의 갈비뼈 같은 그의 몸,
그의 생명인 심지心志까지
백옥 같은 눈물과 피를 흘려
불살려 버린다.

그리고도 책머리에 아롱거리며
선녀처럼 촛불은 춤을 춘다.

매를 본 꿩이 도망하듯이
암흑이 창구멍으로 도망한
나의 방에 품긴
제물의 위대한 향내를 맛보노라.

하늘과 바람과 별과 詩

Vol.3

하늘과 바람과 별과 詩

하늘과 바람과 별과 詩

Vol.3

하늘과 바람과 별과 詩

윤동주 탄생 100주년 기념 한정판 앨범
Vol.4

젊은 당신과 늙은 내가 만나다

"꼬부라진 잔등을 어루만지며"

하늘과 바람과 별과 詩
Yun Dong-ju. Writes In.
The 100th Anniversary of Yun Dong-joo's Birth
Made in Korea

하늘과 바람과 별과 詩

Vol. 4

산울림

까치가 울어서
산울림,
아무도 못 들은
산울림.

까치가 들었다.
산울림,
저 혼자 들었다.
산울림.

해바라기 얼굴

누나의 얼굴은
　해바라기 얼굴
해가 금방 뜨자
　일터에 간다.

해바라기 얼굴은
　누나의 얼굴
얼굴이 숙어들어
　집으로 온다.

귀뚜라미와 나와

귀뚜라미와 나와
잔디밭에서 이야기했다.

귀뚤귀뚤
귀뚤귀뚤

아무에게도 알으켜 주지 말고
우리 둘만 알자고 약속했다.

귀뚤귀뚤
귀뚤귀뚤

귀뚜라미와 나와
달 밝은 밤에 이야기했다.

애기의 새벽

우리 집에는
닭도 없단다.
다만
애기가 젖 달라 울어서
새벽이 된다.

우리 집에는
시계도 없단다.
다만
애기가 젖 달라 보채어
새벽이 된다.

햇빛·바람

손가락에 침 발러
쏘-ㄱ, 쏙, 쏙
장에 가는 엄마 내다보려
문풍지를
쏘-ㄱ, 쏙, 쏙

아침에 햇빛이 반짝,

손가락에 침 발러
쏘-ㄱ, 쏙, 쏙,
장에 가신 엄마 돌아오나
문풍지를
쏘-ㄱ, 쏙, 쏙

저녁에 바람이 솔솔.

반딧불

가자, 가자, 가자,
숲으로 가자.
달 조각을 주으러
숲으로 가자.

그믐밤 반딧불은
부서진 달 조각

가자, 가자, 가자,
숲으로 가자.
달 조각을 주으러
숲으로 가자.

둘 다

바다도 푸르고
하늘도 푸르고

바다도 끝없고
하늘도 끝없고

바다에 돌 던지고
하늘에 침 뱉고

바다는 벙글
하늘은 잠잠

거짓부리

똑, 똑, 똑
문 좀 열어 주세요.
하룻밤 자고 갑시다.
밤은 깊고 날은 추운데
거 누굴까?
문 열어 주고 보니
검둥이 꼬리가
거짓부리한걸.

꼬끼오, 꼬끼오,
달걀 낳았다.
간난아! 어서 집어 가거라
간난이 뛰어가 보니
달걀은 무슨 달걀,
고놈의 알탉이
대낮에 새빨간
거짓부리한걸.

눈 1

눈이

새하얗게 와서

눈이

새물새물 하오.

눈 2

지난밤에
눈이 소-복이 왔네.
지붕이랑
길이랑 밭이랑
추워한다고
덮어주는 이불인가 봐.

그러기에
추운 겨울에만 나리지.

참새

가을 지난 마당을
하이얀 종이인양
참새들이
글씨공부하지요.

짹, 짹,
입으론 부르면서
두 발로는
글씨공부하지요.

하루 종일 글씨공부하여도
짹자 한 자밖에 더 못 쓰는걸.

버선본

어머니!
누나 쓰다버린 습자지는
두었다간 뭣에 쓰나요?

그런 줄 몰랐더니
습자지에다 내 버선 놓고
가위로 오려
버선본 만드는걸.

어머니
내가 쓰다버린 몽당연필은
두었다간 뭣에 쓰나요?

그런 줄 몰랐더니
천 위에다 버선본 놓고
침 발라 점을 찍곤
내 버선 만드는걸.

편지

누나!
이 겨울에도
눈이 가득히 왔습니다.

흰 봉투에
눈을 한 줌 넣고
글씨도 쓰지 말고
우표도 붙이지 말고
말쑥하게 그대로
편지를 부칠까요?

누나 가신 나라엔
눈이 아니 온다기에.

봄 2

우리 애기는
아래발치에서 코올코올,

고양이는
부뚜막에서 가릉가릉,

애기바람이
나뭇가지에서 소올소올,

아저씨 햇님이
하늘 한가운데서 째앵째앵.

무얼 먹고 사나

바닷가 사람
물고기 잡아먹고 살고

산골엣 사람
감자 구워 먹고 살고

별나라 사람
무얼 먹고 사나.

굴뚝

산골짜기 오막살이 낮은 굴뚝엔
몽기몽기 웬 연기 대낮에 솟나.

감자를 굽는 게지 총각애들이
깜빡깜빡 검은 눈이 모여 앉아서
입술이 꺼멓게 숯을 바르고
옛이야기 한 커리[10]에 감자 하나씩.

산골짜기 오막살이 낮은 굴뚝엔
살랑살랑 솟아나네 감자 굽는내.

---

10) '켤레'라는 뜻을 가진 방언.

햇비

아씨처럼 나린다.
보슬보슬 햇비
맞아주자 다같이
　옥수숫대처럼 크게
　닷자 엿자 자라게
　햇님이 웃는다.
　나보고 웃는다.

하늘다리 놓였다.
알롱알롱 무지개
노래하자 즐겁게
　동무들아 이리 오나
　다같이 춤을 추자.
　햇님이 웃는다.
　즐거워 웃는다.

빗자루

요-리조리 베면 저고리 되고
이-렇게 베면 큰 총 되지.
누나하고 나하고
가위로 종이 쏠았더니
어머니가 빗자루 들고
누나 하나 나 하나
엉덩이를 때렸소.
방바닥이 어지럽다고-

아니 아-니
고놈의 빗자루가
방바닥 쓸기 싫으니
그랬지 그랬어
괘씸하여 벽장 속에 감췄더니
이튿날 아침 빗자루가 없다고
어머니가 야단이지요.

기왓장 내외

비오는날 저녁에 기왓장내외
잃어버린 외아들 생각나선지
꼬부라진 잔등을 어루만지며
쭈룩쭈룩 구슬피 울음웁니다.

대궐지붕 위에서 기왓장내외
아름답던 옛날이 그리워선지
주름잡힌 얼굴을 어루만지며
물끄러미 하늘만 쳐다봅니다.

오줌싸개 지도

빨랫줄에 걸어 논
요에다 그린 지도는
지난밤에 내 동생
오줌 싸서 그린 지도

꿈에 가 본 엄마 계신
별나라 지돈가?
돈 벌러 간 아빠 계신
만주 땅 지돈가?

병아리

'뾰, 뾰, 뾰
엄마 젖 좀 주'
병아리 소리.

'꺽, 꺽, 꺽
오냐, 좀 기다려'
엄마닭 소리.

좀 있다가
병아리들은
젖 먹으려는지
엄마 품으로 다 들어갔지요.

조개껍질

아롱아롱 조개껍데기
울 언니 바닷가에서
주워 온 조개껍데기

여긴여긴 북쪽 나라요
조개는 귀여운 선물
장난감 조개껍데기

데굴데굴 굴리며 놀다
짝 잃은 조개껍데기
한 짝을 그리워하네.

아롱아롱 조개껍데기
나처럼 그리워하네.
물소리 바닷물 소리.

겨울

처마 밑에
시래기 다래미
바삭바삭
추워요.

길바닥에
말똥 동그라미
달랑달랑
얼어요.

하늘과 바람과 별과 詩

Vol.4

하늘과 바람과 별과 詩

하늘과 바람과 별과 詩

Vol.4

하늘과 바람과 별과 詩

윤동주 탄생 100주년 기념 한정판 앨범 Vol.5

미완의 이야기는 계속된다

“우리는 서릿발에 끼친 낙엽을 밟으면서 멀리 봄이 올 것을 믿습니다.”

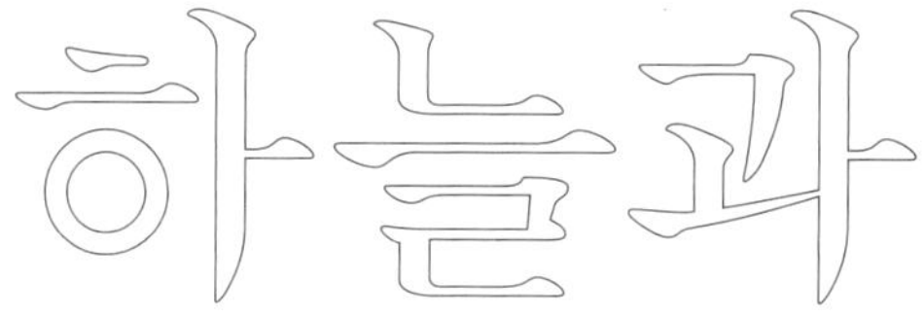

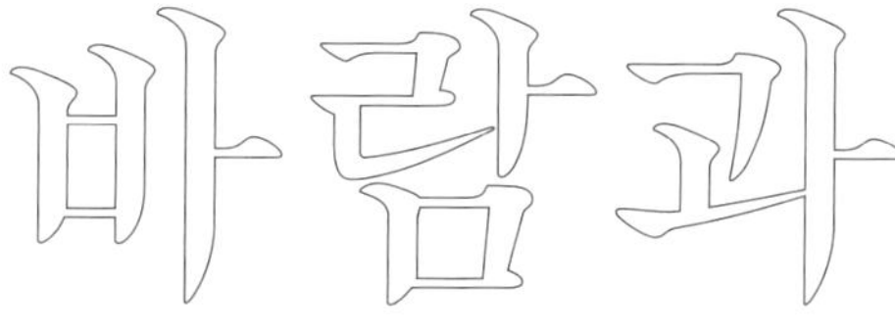

Vol. 5

투르게네프의 언덕

나는 고갯길을 넘고 있었다…… 그때 세 소년 거지가 나를 지나쳤다.

첫째 아이는 잔등에 바구니를 둘러메고, 바구니 속에는 사이다병, 간즈매 통, 쇳조각, 헌 양말짝 등 폐물이 가득하였다.

둘째 아이도 그러하였다.

셋째 아이도 그러하였다.

텁수룩한 머리털, 시커먼 얼굴에 눈물 고인 충혈된 눈, 색 잃어 푸르스름한 입술, 너덜너덜한 남루[襤褸], 찢겨진 맨발.

아- 얼마나 무서운 가난이 이 어린 소년들을 삼키었느냐!

나는 측은한 마음이 움직이었다.

나는 호주머니를 뒤지었다. 두툼한 지갑, 시계, 손수건…… 있을 것은 죄다 있었다.

그러나 무턱대고 이것들을 내 줄 용기는 없었다. 손으로 만지작만지작거릴 뿐이었다.

다정스레 이야기나 하리라 하고 '얘들아' 불러 보았다.

첫째 아이가 충혈된 눈으로 흘끔 돌아다볼 뿐이었다.

둘째 아이도 그러할 뿐이었다.

셋째 아이도 그러할 뿐이었다.

그리고는 너는 상관없다는 듯이 자기네끼리 소곤소곤 이야기하면서 고개로 넘어갔다.

언덕 위에는 아무도 없었다.

짙어가는 황혼이 밀려들 뿐-

달을 쏘다

번거롭던 사위(四圍)가 잠잠해지고 시계소리가 또렷하나 보니 밤은 저윽이 깊을 대로 깊은 모양이다. 보던 책자를 책상머리에 밀어놓고 잠자리를 수습한 다음 잠옷을 걸치는 것이다. '딱' 스위치 소리와 함께 전등을 끄고 창녘의 침대에 드러누으니 이때까지 밖은 휘양찬 달밤이었던 것을 감각치 못하였었다. 이것도 밝은 전등의 혜택이었을까.

나의 누추한 방이 달빛에 잠겨 아름다운 그림이 된다는 것보다도 오히려 슬픈 선창(船艙)이 되는 것이다. 창살이 이마로부터 콧마루, 입술, 이렇게 하얀 가슴에 여민 손등에까지 어른거려 나의 마음을 간질이는 것이다. 옆에 누운 분의 숨소리에 방은 무시무시해진다. 아이처럼 황황해지는 가슴에 눈을 치떠서 밖을 내다보니 가을 하늘은 역시 맑고 우거진 송림은 한 폭의 묵화다. 달빛은 솔가지에 쏟아져 바람인 양 솨- 소리가 날 듯하다. 들리는 것은 시계 소리와 숨소리와 귀또리 울음뿐 벅적대던 기숙사도 절간보다 더 한층 고요한 것이 아니냐?

나는 깊은 사념思念에 잠기우기 한창이다. 딴은 사랑스런 아가씨를 사유할 수 있는 아름다운 상화想華도 좋고, 어릴 적 미련을 두고 온 고향에의 향수도 좋거니와 그보담 손쉽게 표현 못할 심각한 그 무엇이 있다.

바다를 건너온 H군의 편지 사연을 곰곰 생각할수록 사람과 사람 사이의 감정이란 미묘한 것이다. 감상적인 그에게도 필연코 가을은 왔나 보다.

편지는 너무나 지나치지 않았던가. 그 중 한 토막,

"군아 나는 지금 울며 울며 이 글을 쓴다. 이 밤도 달이 뜨고, 바람이 불고, 인간인 까닭에 가을이란 흙냄새도 안다. 정情의 눈물, 따뜻한 예술학도였던 정의 눈물도 이 밤이 마지막이다."

또 마지막 켠으로 이런 구절이 있다.

'당신은 나를 영원히 쫓아 버리는 것이 정직할 것이오.'

나는 이 글의 뉘앙스를 해득할 수 있다. 그러나 사실 나는 그에게 아픈 소리 한 마디 한 일이 없고 서러운 글 한 쪽 보낸 일이 없지 아니한가. 생각건대 이 죄는 다만 가을에게 지워 보낼 수밖에 없다.

홍안서생紅顔書生으로 이런 단안斷案을 내리는 것은 외람한 일이나 동무란 한 낱 괴로운 존재요, 우정이란 진정코 위태로운 잔에 떠 놓은 물이다. 이 말을

반대할 자 누구랴. 그러나 지기知己 하나 얻기 힘든다 하거늘 알뜰한 동무 하나 잃어버린다는 것이 살을 베어 내는 아픔이다. 나는 나를 정원에서 발견하고 창을 넘어 나왔다든가 방문을 열고 나왔다든가 왜 나왔느냐 하는 어리석은 생각에 두뇌를 괴롭게 할 필요는 없는 것이다. 다만 귀뚜라미 울음에도 수줍어지는 코스모스 앞에 그윽이 서서 닥터 빌링스의 동상 그림자처럼 슬퍼지면 그만이다. 나는 이 마음을 아무에게나 전가시킬 심보는 없다. 옷깃은 민감이어서 달빛에도 싸늘히 추워지고 가을 이슬이란 선득선득하여서 서러운 사나이의 눈물인 것이다.

발걸음은 몸뚱이를 옮겨 못가에 세워줄 때 못 속에도 역시 가을이 있고, 삼경三更이 있고, 나무가 있고, 달이 있다.

그 찰나 가을이 원망스럽고 달이 미워진다. 더듬어 돌을 찾아 달을 향하여 죽어라고 팔매질을 하였다. 통쾌! 달은 산산이 부서지고 말았다. 그러나 놀랐던 물결이 찾아들 때 오래잖아 달은 도로 살아난 것이 아니냐, 문득 하늘을 쳐다보니 얄미운 달은 머리 위에서 빈정대는 것을……

나는 꼿꼿한 나뭇가지를 고나 띠를 째서 줄을 메워 훌륭한 활을 만들었다. 그리고 좀 탄탄한 갈대로 화살을 삼아 무사武士의 마음을 먹고 달을 쏘다.

별똥 떨어진 데

밤이다.

하늘은 푸르다 못해 농회색으로 캄캄하나 별들만은 또렷또렷 빛난다. 침침한 어둠뿐만 아니라 오삭오삭 춥다. 이 육중한 기류 가운데 자조自嘲하는 한 젊은이가 있다. 그를 나라고 불러두자.

나는 이 어둠에서 배태胚胎되고 이 어둠에서 생장하여서 아직도 이 어둠 속에 그대로 생존하나 보다. 이제 내가 갈 곳이 어딘지 몰라 허우적거리는 것이다. 하기는 나는 세기의 초점인 듯 초췌하다. 얼핏 생각하기에는 내 바닥을 반듯이 받들어 주는 것도 없고 그렇다고 내 머리를 갑박이 나려 누르는 아무것도 없는 듯하다마는 내막은 그렇지도 않다. 나는 도무지 자유스럽지 못하다. 다만 나는 없는 듯 있는 하루살이처럼 허공에 부유浮游하는 한 점에 지나지 않는다. 이것이 하루살이처럼 경쾌하다면 마침 다행할 것인데 그렇지를 못하구나!

이 점의 대칭위치에 또 하나 다른 밝음의 초점이 도사리고 있는 듯 생각된다. 덥석 움키었으면 잡힐 듯도 하다.

만은 그것을 휘잡기에는 나 자신이 둔질鈍質이라는 것보다 오히려 내 마음에 아무런 준비도 배포치 못한 것이 아니냐. 그리고 보니 행복이란 별스런 손님을 불러들이기에도 또 다른 한 가닥 구실을 치르지 않으면 안 될까 보다.

이 밤이 나에게 있어 어린 적처럼 공포의 장막인 것은 벌써 흘러간 전설이요, 따라서 이 밤이 향락의 도가니라는 이야기도 나의 염두에선 아직 소화시키지 못할 돌덩이다. 오로지 밤은 나의 도전의 호적好敵이면 그만이다.

이것이 생생한 관념세계에만 머무른다면 애석한 일이다. 어둠 속에 깜박깜박 조을며 다닥다닥 나란히 한 초가들이 아름다운 시의 화사華詞가 될 수 있다는 것은 벌써 지나간 제너레이션의 이야기요, 오늘에 있어서는 다만 말 못하는 비극의 배경이다.

이제 닭이 홰를 치면서 맵짠 울음을 뽑아 밤을 쫓고 어둠을 즛내몰아 동켠으로 휘-ㄴ히 새벽이란 새로운 손님을 불러온다 하자. 하나 경망스럽게 그리 반가워할 것은 없다. 보아라 가령 새벽이 왔다 하더라도 이 마을은 그대로 암담하고 나도 그대로 암담하고 하여서 너나 나나 이 가랑지길에서 주저주저 아니치 못할 존재들이 아니냐.

나무가 있다.

그는 나의 오랜 이웃이요, 벗이다. 그렇다고 그와 내가 성격이나 환경이나 생활이 공통한 데 있어서가 아니다. 말하자면 극단과 극단 사이에도 애정이 관통할 수 있다는 기적적인 교분의 표본에 지나지 못할 것이다.

나는 처음 그를 퍽 불행한 존재로 가소롭게 여겼다. 그의 앞에 설 때 슬퍼지고 측은한 마음이 앞을 가리곤 하였다. 만은 돌이켜 생각컨대 나무처럼 행복한 생물은 다시없을 듯하다. 굳음에는 이루 비길 데 없는 바위에도 그리 탐탁치는 못할망정 자양분이 있다 하거늘, 어디로 간들 생의 뿌리를 박지 못하며 어디로 간들 생활의 불평이 있을소냐. 칙칙하면 솔솔 솔바람이 불어오고, 심심하면 새가 와서 노래를 부르다 가고, 촐촐하면 한줄기 비가 오고 밤이면 수많은 별들과 오손도손 이야기할 수 있고- 보다 나무는 행동의 방향이란 거추장스런 과제에 봉착하지 않고 인위적으로든 우연으로서든 탄생시켜 준 자리를 지켜 무궁무진한 영양소를 흡취하고 영롱한 햇빛을 받아들여 손쉽게 생활을 영위하고 오로지 하늘만 바라고 뻗어질 수 있는 것이 무엇보다 행복스럽지 않으냐.

이 밤도 과제를 풀지 못하여 안타까운 나의 마음에 나무의 마음이 점점 옮아오는 듯하고, 행동할 수 있는 자랑을 자랑치 못함에 뼈저리는듯 하나 나의 젊은 선배의 웅변이 왈[曰] 선배도 믿지 못할 것이라니 그러면 영리한 나무에게 나의 방향을 물어야 할 것인가.

어디로 가야 하느냐, 동이 어디냐, 서가 어디냐, 남이 어디냐, 북이 어디냐, 아라! 저 별이 번쩍 흐른다. 별똥 떨어진 데가 내가 갈 곳인가 보다. 하면 별똥아! 꼭 떨어져야 할 곳에 떨어져야 한다.

화원에 꽃이 핀다

개나리, 진달래, 앉은뱅이, 라일락, 민들레, 찔레, 복사, 들장미, 해당화, 모란, 릴리, 창포, 튜울립, 카네이션, 봉선화, 백일홍, 채송화, 다알리아, 해바라기, 코스모스- 코스모스가 홀홀히 떨어지는 날 우주의 마지막은 아닙니다. 여기에 푸른 하늘이 높아지고, 빨간 노란 단풍이 꽃에 못지않게 가지마다 물들었다가 귀또리 울음이 끊어짐과 함께 단풍의 세계가 무너지고, 그 위에 하룻밤 사이에 소복이 흰눈이 나려, 쌓이고 화로에는 빨간 숯불이 피어오르고 많은 이야기와 많은 일이 이 화로가에서 이루어집니다.

독자제현讀者諸賢! 여러분은 이 글이 씌어지는 때를 독특한 계절로 짐작해서는 아니 됩니다. 아니, 봄, 여름, 가을, 겨울, 어느 철로나 상정하셔도 무방합니다. 사실 일년 내내 봄일 수는 없습니다. 하나 이 화원에는 사철 내 봄이 청춘들과 함께 싱싱하게 등대하여 있다고 하면 과분한 자기선전일까요. 하나의 꽃

밭이 이루어지도록 손쉽게 되는 것이 아니라 고생과 노력이 있어야 하는 것입니다.

딴은 얼마의 단어를 모아 이 졸문拙文을 지적거리는 데도 내 머리는 그렇게 명석한 것은 못 됩니다. 한 해 동안을 내 두뇌로써가 아니라 몸으로써 일일이 헤아려 겨우 몇 줄의 글이 이루어집니다. 그리하여 나에게 있어 글을 쓴다는 것이 그리 즐거운 일일 수는 없습니다. 봄바람의 고민에 짜들고, 녹음의 권태에 시들고, 가을하늘 감상에 울고, 노변의 사색에 졸다가 이 몇 줄의 글과 나의 화원과 함께 나의 일 년은 이루어집니다.

시간을 먹는다는 이 말의 의의와 이 말의 묘미는 칠판 앞에서 보신 분과 칠판 밑에 앉아보신 분은 누구나 아실 것입니다. 그것은 확실히 즐거운 일임에 틀림없습니다. 하루를 휴강한다는 것보다, (하긴 슬그머니 깨먹어버리면 그만이지만) 다 못한 시간, 예습, 숙제를 못해 왔다든가, 따분하고 졸리고 한 때, 한 시간의 휴강은 진실로 살로 가는 것이어서, 만일 교수가 불편하여 못 나오셨다고 하더라도 미처 우리들의 예의를 갖출 사이가 없는 것입니다.

그러나 이것을 우리들의 망발과 시간의 낭비라고 속단하셔서 아니 됩니다. 여기에 화원이 있습니다. 한 포기 푸른 풀과 한 떨기의 붉은 꽃과 함께 웃음이 있습니다. 노-트장을 적시는 것보다, 우한충동汗牛充棟에 묻혀 글줄과 씨름하는 것보다 더 명확한 진리를 탐구할 수 있을는지 보다 더 많은 지식을 획득할 수 있을는지 보다 더 효과적인 성과가 있을지를 누가 부인하겠습니까.

나는 이 귀한 시간을 슬그머니 동무들을 떠나서 단 혼자 화원을 거닐 수 있습니다. 단 혼자 꽃들과 풀들과 이야기할 수 있다는 것이 얼마나 다행한 일이겠습니까. 참말 나는 온정으로 이들을 대할 수 있고 그들은 나를 웃음으로 맞아줍니다. 그 웃음을 눈물로 대한다는 것은 나의 감상일까요. 고독, 정적도 확실히 아름다운 것임에 틀림이 없으나, 여기에도 또 서로 마음을 주는 동무가 있는 것도 다행한 일이 아닐 수 없습니다. 우리 화원 속에 모인, 동무들 중에, 집에 학비를 청구하는 편지를 쓰는 날 저녁이면 생각하고 생각하든 끝 겨우 몇 줄 써보낸다는 A군, 기뻐해야 할 서류(통칭 월급봉투)를 받아든 손이 떨린다는 B군, 사랑을 위하여서는 밥맛을 잃고 잠을 잊어버린다는 C군, 사상적 당착에 자살을 기약한다는 D군…… 나는 이 여러 동무들의 갸륵한 심정을 내 것인 것처럼 이해할 수 있습니다. 서로 너그러운 마음으로 대할 수 있습니다.

나는 세계관, 인생관, 이런 좀더 큰 문제보다 바람과 구름과 햇빛과 나무와 우정, 이런 것들에 더 많이 괴로워해 왔는지도 모르겠습니다. 단지 이 말이 나의 역설이나, 나 자신을 흐리우는 데 지날 뿐일까요.

일반은 현대 학생도덕이 부패했다고 말합니다. 스승을 섬길 줄을 모른다고들 합니다. 옳은 말씀들입니다. 부끄러울 따름입니다. 하나 이 결함을 괴로워하는 우리들 어깨에 지워 광야로 내쫓아 버려야 하나요. 우리들의 아픈 데를 알아주는 스승, 우리들의 생채기를 어루만져주는 따뜻한 세계가 있다면 박탈된 도덕일지언정 기울여 스승을 진심으로 존경하겠습니다. 온정의 거리에서 원수를 만나면 손목을 붙잡고 목놓아 울겠습니다.

세상은 해를 거듭, 포성에 떠들썩하건만 극히 조용한 가운데 우리들 동산에서 서로 융합할 수 있고 이해할 수 있고 종전從前의 X가 있는 것은 시세時勢의 역효과일까요 .

봄이 가고, 여름이 가고, 코스모스가 홀홀이 떨어지는 날 우주의 마지막은 아닙니다. 단풍의 세계가 있고 -이상이견빙지履霜而堅氷至- 서리를 밟거든 얼음이 굳어질 것을 각오하라-가 아니라, 우리는 서릿발에 끼친 낙엽을 밟으면서 멀리 봄이 올 것을 믿습니다.

노변爐邊에서 많은 일이 이루어질 것입니다.

종시終始

종점終点이 시점終点이 된다. 다시 시점이 종점이 된다.

아침, 저녁으로 이 자국을 밟게 되는데 이 자국을 밟게 된 연유가 있다. 일찍이 서산대사가 살았을 듯한 우거진 송림 속, 게다가 덩그러니 살림집은 외따로 한 채뿐이었으나 식구로는 굉장한 것이어서 한 지붕 밑에서도 팔도 사투리를 죄다 들을 만큼 모아놓은 미끈한 장정들만이 욱실욱실하였다. 이곳에 법령은 없었으나 여인 금납구禁納區였다. 만일 강심장의 여인이 있어 불의의 침입이 있다면 우리들의 호기심을 저윽이 자아내었고, 방마다 새로운 화제가 생기곤 하였다. 이렇듯 수도생활에 나는 소라 속처럼 안도하였던 것이다.

사건이란 언제나 큰 데서 동기가 되는 것보다 오히려 적은 데서 더 많이 발작하는 것이다.

눈 온 날이었다. 동숙하는 친구의 친구가 한 시간 남짓한 문안 들어가는 차 시간까지를 낭비하기 위하여 나의 친구를 찾아 들어와서 하는 대화였다.

"자네 여보게 이 집 귀신이 되려나?"

"조용한 게 공부하기 작히나 좋잖은가."

"그래 책장이나 뒤적뒤적하면 공분 줄 아나. 전차간에서 내다볼 수 있는 광경, 정거장에서 맛볼 수 있는 광경, 다시 기차 속에서 대할 수 있는 모든 일들이 생활 아닌 것이 없거든. 생활 때문에 싸우는 이 분위기에 잠겨서, 보고, 생각하고, 분석하고, 이거야말로 진정한 의미의 교육이 아니겠는가. 여보게! 자네 책장만 뒤지고 인생이 어드렇니 사회가 어드렇니 하는 것은 16세기에서나 찾아볼 일일세. 단연 문안으로 나오도록 마음을 돌리게."

나한테 하는 권고는 아니었으나 이 말에 귀틈 뚫려 상푸둥 그러리라고 생각하였다. 비단 여기만이 아니라 인간을 떠나서 도를 닦는다는 것이 한낱 오락이요, 오락이매 생활이 될 수 없고, 생활이 없으매 이 또한 죽은 공부가 아니랴. 하여 공부도 생활화하여야 되리라 생각하고 불일내에 문안으로 들어가기를 내심으로 단정해 버렸다. 그 뒤 매일같이 이 자국을 밟게 된 것이다.

나만 일찍이 아침거리의 새로운 감촉을 맛볼 줄만 알았더니 벌써 많은 사람들의 발자욱에 포도[鋪道]는 어수선할 대로 어수선했고, 정류장에 머물 때마다 이 많은 무리를 죄다 꾸역꾸역 자꾸 박아 싣는데, 늙은이, 젊은이, 아이 할 것 없이 손에 꾸러미를 안 든 사람은 없다. 이것이 그들 생활의 꾸러미요, 동시에 권태의 꾸러미인지도 모르겠다.

이 꾸러미를 든 사람들의 얼굴을 하나하나씩 뜯어보기로 한다. 늙은이 얼굴이란 너무 오래 세파世波에 짜들어서 문제도 안 되겠거니와 그 젊은이들 낯짝이란 도무지 말씀이 아니다. 열이면 열이 다 우수 그것이요, 백이면 백이 다 비참 그것이다. 이들에게 웃음이란 가뭄에 콩싹이다. 필경 귀여우리라는 아이들의 얼굴을 보는 수밖에 없는데 아이들의 얼굴이란 너무 창백하다. 혹시 숙제를 못해서 선생한테 꾸지람 들을 것이 걱정인지 풀이 죽어 쭈그러뜨린 것이 활기란 도무지 찾아볼 수 없다. 내 상도 필연코 그 꼴일 텐데 내 눈으로 그 꼴을 보지 못하는 것이 다행이다. 만일 다른 사람의 얼굴을 보듯 그렇게 자주 내 얼굴을 대한다고 할 것 같으면 벌써 요사夭死하였을는지도 모른다.

나는 내 눈을 의심하기로 하고 단념하자!

차라리 성벽 위에 펼친 하늘을 쳐다보는 편이 더 통쾌하다. 눈은 하늘과 성벽 경계선을 따라 달리는 것인데 이 성벽이란 현대로써 컴플러지한 옛 금성禁城이다. 이 안에서 어떤 일이 이루어졌으며 어떤 일이 행하여지고 있는지 성밖에서 살아 왔고 살고 있는 우리들에게는 알 바가 없다. 이제 다만 한 가닥 희망은 이 성벽이 끊어지는 곳이다.

기대는 언제나 크게 가질 것이 못 되어서 성벽이 끊어지는 곳에 총독부, 도

청, 무슨 참고관, 체신국, 신문사, 소방조, 무슨 주식회사, 부청, 양복점, 고물상 등 나란히 하고 연달아 오다가 아이스케이크 간판에 눈이 잠깐 머무는데 이 놈을 눈 나린 겨울에 빈 집을 지키는 꼴이라든가, 제 신분에 맞지 않는 가게를 지키는 꼴을 살짝 필름에 올리어 본달 것 같으면 한 폭의 고등 풍자만화가 될 터인데 하고 나는 눈을 감고 생각하기로 한다. 사실 요즈음 아이스케이크 간판 신세를 면치 아니치 못할 자 얼마나 되랴. 아이스케이크 간판은 정열에 불타는 염서가 진정코 아수롭다.[11]

눈을 감고 한참 생각하느라면 한 가지 거리끼는 것이 있는데 이것은 도덕률이란 거추장스러운 의무감이다. 젊은 녀석이 눈을 딱 감고 버티고 앉아 있다고 손가락질하는 것 같아 번쩍 눈을 떠본다. 하나 가차이 자선할 대상이 없음에 자리를 잃지 않겠다는 심정보다 오히려 아니꼽게 본 사람이 없었으리란 데 안심이 된다.

이것은 과단성 있는 동무의 주장이지만 전차에서 만난 사람은 원수요, 기차에서 만난 사람은 지기라는 것이다. 딴은 그러리라고 얼마큼 수긍하였었다. 한자리에서 몸을 비비적거리면서도 "오늘은 좋은 날씨올시다." "어디서 내리시나요"쯤의 인사는 주고받을 법한데, 일언반구 없이 뚱한 꼴들이 작히나 큰 원

11) 아쉽다.

수를 맺고 지나는 사이들 같다. 만일 상냥한 사람이 있어 요만큼의 예의를 밟는다고 할 것 같으면, 전차 속의 사람들은 이를 정신이상자로 대접할 게다. 그러나 기차에서는 그렇지 않다. 명함을 서로 바꾸고 고향 이야기, 행방 이야기를 거리낌 없이 주고받고 심지어 남의 여로를 자기의 여로인 것처럼 걱정하고, 이 얼마나 다정한 인생행로냐.

이러는 사이에 남대문을 지나쳤다. 누가 있어 "자네 매일같이 남대문을 두 번씩 지날 터인데 그래 늘 보곤 하는가"라는 어리석은 듯한 멘탈 테스트를 낸다면은 나는 아연해지지 않을 수 없다. 가만히 기억을 더듬어 본달 것 같으면 늘이 아니라 이 자국을 밟은 이래 그 모습을 한 번이라도 쳐다본 적이 있었던 것 같지 않다. 하기는 그것이 나의 생활에 긴한 일이 아니매 당연한 일일 게다. 하나 여기에 하나의 교훈이 있다. 횟수가 너무 잦으면 모든 것이 피상적이 되어버리느니라.

이것과는 관련이 먼 이야기 같으나 무료한 시간을 까기 위하여 한 마디 하면서 지나가자.

시골서는 제노라고 하는 양반이었던 모양인데 처음 서울 구경을 하고 돌아가서 며칠 동안 배운 서울 말씨를 선불리 써가며 서울 거리를 손으로 형용하고 말로써 떠벌여 옮겨 놓더란데, 정거장에 턱 내리니 앞에 고색이 창연한 남대문이 반기는 듯 가로막혀 있고, 총독부 집이 크고, 창경원에 백 가지 금수가 봄 직했고, 덕수궁의 옛 궁전이 회포를 자아냈고, 화신 승강기는 머리가 힝-했고, 본정엔 전등이 낮처럼 밝은데 사람이 물 밀리듯 밀리고, 전차란 놈이 윙윙 소리를 지르며 지르며 연달아 달리고- 서울이 자기 하나를 위하여 이루어진 것처럼 우쭐했는데 이것쯤은 있을 듯한 일이다. 한데 게도 방정꾸러기가 있어

"남대문이란 현판이 참 명필이지요."

하고 물으니 대답이 걸작이다.

"암 명필이구 말구. 남[南]자 대[大]자 문[門]자 하나하나 살아서 막 꿈틀거리는 것 같데."

어느 모로나 서울 자랑하려는 이 양반으로서는 가당한 대답일 게다. 이 분에게 아현 고개 막바지기에, - 아니 치벽한 데 말고 - 가차이 종로 뒷골목에 무엇이 있던가를 물었더라면 얼마나 당황해 했으랴.

나는 종점을 시점으로 바꾼다.

내가 내린 곳이 나의 종점이요, 내가 타는 곳이 나의 시점이 되는 까닭이다. 이 짧은 순간 많은 사람 사이에 나를 묻는 것인데 나는 이네들에게 너무나 피상적이 된다. 나의 휴머니티를 이네들에게 발휘해낸다는 재주가 없다. 이네들

의 기쁨과 슬픔과 아픈 데를 나로서는 측량한다는 수가 없는 까닭이다. 너무 막연하다. 사람이란 횟수가 잦은 데와 양이 많은 데는 너무나 쉽게 피상적이 되나 보다. 그럴수록 자기 하나 간수하기에 분주하나 보다.

시그널을 밟고 기차는 왱- 떠난다. 고향으로 향한 차도 아니건만 공연히 가슴은 설렌다. 우리 기차는 느릿느릿 가다 숨차면 가정거장假停車場에서도 선다. 매일같이 웬 여자들인지 주룽주룽 서 있다. 제마다 꾸러미를 안았는데 예의 그 꾸러미인 듯 싶다. 다들 방년된 아가씨들인데 몸매로 보아 하니 공장으로 가는 직공들은 아닌 모양이다. 얌전히들 서서 기차를 기다리는 모양이다. 판단을 기다리는 모양이다. 하나 경망스럽게 유리창을 통하여 미인 판단을 내려서는 안 된다. 피상 법칙이 여기에도 적용될지 모른다. 투명한 듯하나 믿지 못할 것이 유리다. 얼굴을 찌깨놓은 듯이 한다든가 이마를 좁다랗게 한다든가 코를 말코로 만든다든가 턱을 조개턱으로 만든다든가 하는 악희惡戲를 유리창이 때때로 감행하는 까닭이다. 판단을 내리는 자에게는 별반 이해관계가 없다손 치더라도 판단을 받는 당자에게 오려던 행운이 도망갈는지를 누가 보장할소냐. 여하간 아무리 투명한 꺼풀일지라도 깨끗이 벗겨버리는 것이 마땅할 것이다.

이윽고 터널이 입을 벌리고 기다리는데 거리 한가운데 지하철도도 아닌 터널이 있다는 것이 얼마나 슬픈 일이냐, 이 터널이란 인류역사의 암흑시대요, 인생행로의 고민상이다. 공연히 바퀴소리만 요란하다. 구역날 악질의 연기가 스며든다. 하나 미구에 우리에게 광명의 천지가 있다.

터널을 벗어났을 때 요즈음 복선공사에 분주한 노동자들을 볼 수 있다. 아침 첫차에 나갔을 때에도 일하고 저녁 늦차에 들어올 때에도 그네들은 그대로 일하는데 언제 시작하여 언제 그치는지 나로서는 헤아릴 수 없다. 이네들이야말로 건설의 사도들이다. 땀과 피를 아끼지 않는다.

그 육중한 도락구[12]를 밀면서도 마음만은 요원한 데 있어 도락구 판장에다 서투른 글씨로 신경행이니 북경행이니 남경행이니 라고 써서, 타고 다니는 것이 아니라 밀고 다닌다. 그네들의 마음을 엿볼 수 있다. 그것이 고력[苦力]에 위안이 안 된다고 누가 주장하랴.

이제 나는 곧 종시를 바꿔야 한다. 하나 내 차에도 신경행, 북경행, 남경행을 달고 싶다. 세계일주행이라고 달고 싶다. 아니 그보다 진정한 내 고향이 있다면 고향행을 달겠다. 다음 도착하여야 할 시대의 정거장이 있다면 더 좋다.

---

12) 트럭.

하늘과 바람과 별과 詩

Vol.5

하늘과 바람과 별과 詩

하늘과 바람과 별과 詩

Vol. 5

하늘과 바람과 별과 詩

1917

1917년 12월 30일
윤영석과 김룡의 맏아들로 출생

1925년(9세) 4월 4일
명동 소학교 입학

1928~1930년(12세-14세)
잡지 〈새명동〉 만듦

1931년(15세) 3월 15일
명동 소학교 졸업

1932년(16세)
은진 중학교 입학

1934년(18세) 12월 24일
삶과 죽음, 초한대, 내일은 없다 등 3편의 시를 씀

1935년(19세)
평양 숭실 중학교 문예지 〈숭실활천〉에서 시 1편 공상이 인쇄화

1936년(20세)
숭실학교 자퇴, 광명학원 중학부에 편입

1937년(21세)
윤동주尹童舟라는 이름으로 작품 발표

1938년(22세) 4월 9일
서울 연희전문학교(연세대학교) 문과 입학

1939년(23세)
산문 1편 달을 쏘다, 시 1편 유언 발표

1941년(25세)
자선시집《하늘과 바람과 별과 시》를 77부 한정판으로 출간하려 했으나 뜻을 이루지 못함

1942년(26세)
연희전문을 마치고 일본에 갈 때까지 1개월 반 정도 고향집에 머무름

1943년(27세)
독립운동 혐의로 검거되고 작품 및 일기 압수

1944년(28세)
후쿠오카 형무소(복강 형무소)에 투옥

1945년(29세) 2월 16일
해방되기 여섯달 전 사망하다

1948년
시집《하늘과 바람과 별과 詩》간행

1948

윤동주 연보

1910s

1917년 12월 30일

윤영석과 김룡의 맏아들로 출생.

중화민국 동북부 간도성 화룡현 명동촌에서 부친 윤영석, 모친 김룡의 맏아들로 태어나다. 아명은 해환[海煥].

1920s

1925년(9세) 4월 4일

명동 소학교 입학.

당시 동학년에는 송몽규, 윤영선, 김정우, 문익환이 있었다.

1928~1930년(12세-14세)

잡지 〈새명동〉 만듦.

명동 소학교 5학년 때 급우들과 함께 〈새명동〉이란 등사 잡지를 만들다.

1930s

1931년(15세) 3월 15일

명동 소학교 졸업.

1932년(16세)

은진 중학교 입학.

은진 중학교 재학 시절 교내 문예지를 만들고, 축구 선수로 뛰기도 하며, 교내 웅변대회에서 1등을 하기도 한다.

1934년(18세) 12월 24일

'삶과 죽음', '초한대', '내일은 없다' 등 3편의 시를 씀.

1935년(19세)

평양 숭실 중학교 문예지 〈숭실활천〉에서 시 '공상'이 인쇄화.

9월 1일, 은진 중학교 4학년 1학기를 마친 윤동주는 평양 숭실 중학교 3학년 2학기에 편입. 숭실학교 4학년에는 문익환이 있었다.

10월, 숭실학교 YMCA 문예부에서 내던 〈숭실활천〉 제15호에 시 '공상'이 최초로 인쇄화되다.

1936년(20세)

숭실학교 자퇴, 광명학원 중학부에 편입.

3월 말, 숭실학교에 대한 신사참배 강요에 항의하여 자퇴. 고향 용정으로 돌아와 광명학원 중학부 4학년에 편입하다. 문익환은 같은 학교 5학년에 편입하다.

윤동주는 간도의 연길(연지)에서 발행하던 〈카톨릭 소년〉에 동시 '병아리'(11월호), '빗자루'(12월호)를 윤동주尹童柱란 이름으로 발표하다.

1937년(21세)

윤동주尹童舟라는 이름으로 작품 발표.

〈카톨릭 소년〉에 동시 '오줌싸개지도'(1월호), '무얼 먹고 사나'(3월호)를 윤동주尹童柱란 이름으로, '거짓부리'(10월호)를 윤동주尹童舟란 이름으로 각기 발표하다. 동주童舟란 필명은 이때 처음 사용하다.

광명 중학교 졸업반이 되면서 진학 문제로 문학을 희망하는 윤동주와 의학을 택하라는 부친과의 대립이 심해지다.

1938년(22세) 4월 9일

서울 연희전문학교(연세대학교) 문과 입학.

1939년(23세)

산문 '달을 쏘다', 시 '유언' 발표.

조선일보 학생란에 산문 '달을 쏘다', 시 '유언', '아우의 인상화'를 윤동주尹東柱와 윤주尹柱란 이름으로 발표하다. 동시 '산울림'을 〈소년〉(3월호)에 윤동주尹童舟란 이름으로 발표하다.

1940s

1941년(25세)

자선시집 《하늘과 바람과 별과 시》를 77부 한정판으로 출간하려 했으나 뜻을 이루지 못함.

5월, 정병욱과 함께 종로구 누상동 9번지 소설가 김송 씨 집에서 하숙생활을 하다.
9월, 경찰의 주목이 심하여 북아현동의 하숙집으로 옮기다.
12월 27일, 전시 학제 단축으로 3개월 앞당겨 연희전문학교 4학년을 졸업하다. 졸업 기념으로 19편의 작품을 모아 자선시집 《하늘과 바람과 별과 시》를 77부 한정판으로 출간하려 했으나 뜻을 이루지 못하다. 본래 예정했던 시집 제목은 '병원'이었으나 '서시'를 쓴 후 제목이 바뀌었다. '병원'은 병든 사회를 치유한다는 상징이었다.
직접 만든 시집 3부를 이양하 선생과 정병욱에게 1부씩 증정하다. 같은 해 말 고향집에서는 일제의 탄압에 못 이기고 동주의 도일 수속을 위하여 성씨를 '히라누마平沼'라고 창씨하다.

1942년(26세)

연희전문을 마치고 일본에 갈 때까지 1개월 반 정도 고향집에 머무름

1월 19일, 졸업증명서 등 도일 수속을 위하여 연희전문에 창씨계를 제출하다.
1월 24일의 시 작품 '참회록'은 고국에서 쓴 마지막 작품이 되다.
4월 2일, 도쿄 릿쿄대학 문학부 영문과 선과에 입학하다. 4-6월에 '쉽게 씌어진 시'를 비롯한 5편을 서울의 한 친구에게 보내다. 오늘날 발견할 수 있는 마지막 작품.
10월 1일, 교토 도시샤 대학 영문과 선과에 입학하다.

1943년(27세)

독립운동 혐의로 검거되고 작품 및 일기 압수.

7월 14일, 귀향길에 오르려고 짐까지 부쳐놓은 윤동주는 독립운동 혐의로 검거돼 많은 책과 작품, 일기가 압수되다.

1944년(28세)
후쿠오카 형무소(복강 형무소)에 투옥.

2월 22일, 윤동주, 송몽규 기소되다.

3월 31일, 윤동주는 도쿄 지방재판소의 재판 결과 1941년 개정 치안유지법 제5조 위반(독립운동) 죄로 징역 2년의 언도를 받다(구형 3년).

4월 13일, 송몽규는 재판 결과 윤동주와 같은 죄목으로 역시 2년 형의 언도를 받다(구형 3년).

날짜 미상, 윤동주와 송몽규는 후쿠오카 형무소에 투옥되다. 수감된 후 고향에의 서신으로는 매달 일어로 쓴 엽서 한 장씩만 허락되다.

1945년(29세) 2월 16일
해방되기 여섯 달 전 사망하다.

2월 18일, '16일 동주 사망, 시체 가지러 오라(トウチユウシボウシタイタイトリニコイ)'는 전보가 고향집에 배달되어 윤동주의 사망이 알려지다. 부친과 당숙 윤영춘이 시신 인수차 일본으로 떠난 후 '동주 위독하니 보석할 수 있음. 만일 사망 시에는 시체를 가져가거나 아니면 규슈제국대학(구주제대, 九州帝大) 의학부에 해부용으로 제공할 것임. 속답 바람'이라는 고인 생존 시에 보낸 형식의 우편 통지서가 뒤늦게 고향집에 배달되다. '동주 선생은 무슨 뜻인지 모르나 큰 소리를 외치고 운명했습니다'라고 일본인 간수가 말하다.

3월 6일, 유해는 화장한 뒤 고향에 모셔와 용정 동산교회 묘지에 묻히다. 장례식에서는 〈문우〉지에 발표되었던 '우물속의 자화상'과 '새로운 길'이 낭독되다.

8월 15일, 윤동주가 사망한 지 반 년 만에 해방되다.

1947년
시 '쉽게 씌어진 시'가 해방 후 최초 발표.

2월 13일자 〈경향신문〉에 정지용의 소개문과 함께 시 '쉽게 씌어진 시'가 해방 후 최초로 발표되다.

2월 16일, 정지용, 장내원, 안병욱, 이양하, 윤영춘, 정병욱, 유영, 김태균, 윤일주 등 30여 명이 모여 서울 소공동 플라워 회관에서 송몽규, 윤동주 양인 추도회를 가지다.

1948년
시집《하늘과 바람과 별과 詩》간행.

1월, 유고 31편을 모아 정지용의 서문을 붙여 시집《하늘과 바람과 별과 詩》를 정음사에서 간행하다.

하늘과
바람과
별과
詩

초판 1쇄 발행 2017년 12월 1일
2쇄 발행 2017년 12월 11일

지은이 윤동주
펴낸이 이광재

책임편집 김미라
디자인 이창주 **마케팅** 허남, 최예름
일러스트 호옹, 현진, 임부르스, 정하, 안지은
낭송 강희웅, 김아람, 들매, 라뮤, 물망초, 박성환, 성꿀남, 정해연, ming

펴낸곳 카멜북스 **출판등록** 제311-2012-000068호
주소 경기도 고양시 덕양구 통일로 140 (동산동, 삼송테크노밸리) B동 442호
전화 02-3144-7113 **팩스** 02-6442-8610 **이메일** camelbook@naver.com
홈페이지 www.camelbooks.co.kr **페이스북** www.facebook.com/camelbooks
인스타그램 www.instagram.com/camelbook

ISBN 978-89-98599-40-9 (02810)

• 이 도서의 국립중앙도서관 출판예정도서목록(CIP)은 서지정보유통지원시스템 홈페이지(http://seoji.nl.go.kr)와
국가자료공동목록시스템(http://www.nl.go.kr/kolisnet)에서 이용하실 수 있습니다. (CIP제어번호 : CIP2017029520)